宋・何薳撰

春渚紀聞

中国书店

詳校官中書臣劉源溥

臣紀昀覆勘

欽定四庫全書　　子部十

春渚記聞　　雜家類雜說之屬

提要

臣等謹案春渚紀聞十卷宋何薳撰薳浦城人自號韓青老農其書分雜記五卷東坡事實一卷詩詞事略一卷雜書琴事附墨說一卷記研一卷記丹藥十卷明陳繼儒秘笈所刊僅前五卷乃姚士粦得於沈虎臣者後毛

晉得舊本補其脫遺始爲完書即此本也遂
父去非嘗以蘇軾薦得官故記軾事特詳其
雜記多引仙鬼報應兼及瑣事如既稱劉仲
甫弈棊無敵又記祝不疑弈勝仲甫前後兩
條自相矛盾殊爲不檢又蔡絛鐵圍山叢談
稱前以弈勝仲甫者爲王憨子後以弈勝仲
甫者爲晉士明與祝不疑之說亦不合殆傳
聞異詞歟張有爲張先之孫所作復古編今

尚有傳本而此書乃作章有則彧傳寫之訛

非遂之舊也乾隆四十九年三月恭校上

總纂官臣紀昀臣陸錫熊臣孫士毅

總校官臣陸費墀

欽定四庫全書

春渚紀聞卷一

宋　何薳　撰

雜記

木果異事

元豐間禁中有果名鵶腳子者四大樹皆合抱其三在翠芳亭之北歲收實至數斛而託地陰翳無可臨玩之所其一在太清樓之東得地顯曠可以就賞而未嘗著

一實裕陵嘗指而加嘆以謂事有不能適人意者如此
戒圃者善視之而已明年一木遂花而得實數斛裕陵
大悦命宴太清以賞之仍分頒侍從又朝廷問罪西夏
五路舉兵秦鳳路圖上師行營憩形便之次至關嶺有
秦時栢一株雖質幹不枯而枝葉略無存者既標圖間
裕陵披圖顧問左右偶以御筆點其枝間而嘆其閱歲
之久也後郡奏秦朝栢忽復一枝再榮殿中有記當時
奏圖歎賞之語私相聳異以謂天人筆澤所加回枯起

死便同雨露之施昔唐明皇曉起苑中時春候已深而
林花未放顧視左右曰是須我一判斷耳亟命取羯鼓
鼓曲未終而桃杏盡開即棄杖而詫曰是豈不以我為
天公耶由是觀之凡為人君者其一言動固自與造化
密契雖於草木之微偶加眷矚而榮謝從之若響應聲
況於陞黜賢否意所與奪生殺貴賤之間哉

祐陵符兆

哲宗皇帝即位既久而皇嗣未立密遣中貴往泰州天

慶觀問徐神公但書吉人二字授之既還奏呈左右
皆無知其説者又元符已來殿庭朝會及常起居看班
舍人必秉笏廵視班列懼有不盡恭者連聲云端笏立
繼而哲宗升遐徽宗即位自端邸入承天統而吉人二
字合成潛藩之名無小差

定陵兆應

信州白雲山人徐仁旺嘗表奏與丁晉公議遷定陵事
仁旺欲用牛頭山前地晉公定用山後地爭之不可仁

旺乞禁繫大理以俟三歲之驗卒不能回仁旺表有言

山後之害云坤水常流災在丙午年内丁風直射禍當

丁未年終莫不州州火起郡郡盜興聞之者初未以爲然

至後金人犯闕果在丙午而丁未以後諸郡焚如之禍

相仍不絶幅幀之内半爲盜區其言無不驗者

夢宰相過嶺四人

蔡丞相持正爲府界提舉日有人夢至一官府堂宇高邃

上有具衮冕而坐者四人傍有指謂之曰此宋朝宰相次

第所坐也及仰視之末乃持正也既寤了不解至公有新州之命始悟過嶺宰相盧寇下至公爲四也其姪子云

兩劉娘子報應

入内都知宣慶使陳永錫言上皇朝内人有兩劉娘子其一年近五旬立性素謹自入中年即飯素誦經日有程課宫中呼爲看經劉娘子其一乃上皇藩邸人敏於給侍每上食則就案析治脯修多如上意宫中呼爲尚食劉娘子樂禍而喜暴人之私一日有小宫嬪微忤上

旨潛求救於尚食既諾之而反從之下石小嬪知之乃
多取紙筆焚之云我且上訴於天帝也即自縊而死不
踰月兩劉娘子同日而亡時五月三日也至轝尸出閤
門棺斂初舉尚食之衾而其首已斷旋轉於地視之則
羣蛆叢擁而穢氣不可近逮啟看經之衾則香馥襲人
而面色如生於是內人知者皆稽首云善惡之報昭示
如此不可不爲之戒也

亂道侍郎

元符間宗室有以妾爲妻者因罷開府儀同三司及大宗正職事蔡元長行詞曰既上大宗之印復捐開府之儀章申公謂曾子宣曰此語與手持金骨之朶身坐銀交之椅何異曾復顧申公曰頃時記得是有行侍御史詞頭云爰遷侍御之史不記得是誰申公顧許冲元曰此是侍郎向日亂道曾時爲樞密許爲黄門也

烏程三魁

余拂君厚雲川人也其居在漢銅官廟後溪山環合有

相宅者言此地當出大魁君厚之父朝奉君云與其善之於一家不若推之於一郡即遷其居於後以其前地爲烏程縣學不二三年君厚爲南宮魁而莫儔賈安宅繼魁天下則相宅之言爲不妄然君厚之家不十年而朝奉君殁君厚兄弟亦繼殂謝今無主祀者則上天報施之理又未易知也

丑年世科第

先友提學張公大亨字嘉甫霅川人先墓在弁山之麓

相墓者云公家遇丑年有赴舉者必登高第初未之信
熙寧癸丑嘉甫之父通直公著登第元豐乙丑嘉甫登
乙科大觀已丑嘉甫之兄大成中甲科重和辛丑嘉甫
之弟大受復中乙科此亦人事地理相符之異也

張無盡前身

張無盡丞相爲河東大漕日於上黨訪得李長者古墳
爲加修治且發土以驗之掘地數尺得一大盤石石面
平瑩無它銘款獨鐫天覺二字故人傳無盡爲長者後

身

坡谷前身

世傳山谷道人前身爲女子所説不一近見陳安國省幹云山谷自有刻石記此事於涪陵江石間石至春夏爲江水所浸故世未有模傳者刻石其畧言山谷初與東坡先生同見清老者清語坡前身爲五祖戒和尚而謂山谷云學士前身一女子我不能詳語後日學士至涪陵當自有告者山谷意謂涪陵非遷謫不至聞之亦

似憒憒既坐黨人再遷涪陵未幾夢一女子語之云某生誦法華經而志願復身爲男子得大智慧爲一時名人今學士某前身也學士近年來所患腋氣者緣某所葬棺朽爲蟻穴居於兩腋之下故有此苦今此居後山有某墓學士能啟之除去蟻聚則腋氣可除也既覺果訪得之已無主矣因如其言且爲再易棺修掩既畢而腋氣不藥而除

李偕省試夢應

李偕晉祖陳瑩中之甥也嘗言其初被薦赴試南宮試罷夢訪其同舍陳元仲既相揖而陳手執一黃背書若書肆所市時文者顧視不輟畧不與客言晉祖心怒其不見待即前奪其書曰我意相念故來訪子子豈不能輟書相語也元仲置書似畧轉首已而復視書如初晉祖復前奪書而語之曰子竟不我談我去矣元仲徐授其書於晉祖曰子無怒我乎視此乃今歲南省魁選之文也晉祖視之即其程文三場皆在而前書云别試所

第一人李偕方欲更視其後夢覺聞扣户之聲報者至
馬後刋新進士程文其帙與夢中所見無纎毫異者

馬魁二夢證應

馬魁巨濟之父既入中年未得子母爲置妾媵偶獲一
處子質色亦稍殊麗父忻然納之但每對鏡理髮即避
匿如有沮喪之容父密詢其故乃垂泣曰某父守官某
所既解官不幸物故不獲歸葬鄉里母乃見鬻得直將
畢葬事今父死未經卒哭尚約髮以白繒而以絳綵蒙

之懼君之見耳無他故也涓父惻然乃訪其母以女歸

之且爲具舟載其資裝遣之是夕涓母夢羽人告之云

天錫爾子慶流涓涓後生巨濟即以涓名之涓既赴御

試畢夢人告之曰子欲及第須作十三魁涓歷數其在

太學及預薦送止作十二魁心甚憂之殆至賜第則魁

冠天下果十三數也

貢父馬謔

劉貢父初入館乃乘一騍馬而出或謂之曰此豈公所

乘也亦不慮趨朝之際有從羣者或致奔踶之患耶貢父曰諾吾將處之也或曰公將何以處之曰吾今市青布作小襜繫之馬後耳或曰此更詭異也貢父曰奈何我初幸館閣之際不謂俸入不給桂玉之用因就廉直取此馬以代步不意諸君子督過之深姑爲此以揜言者之口耳有何不可

種柑二事

東坡先生惠州白鶴峯上梁文云自笑先生今白髮道

傍親種兩株柑時先生六十二歲也意謂不十年不著子恐不待也章申公父銀青公俞年七十集賓親爲慶會有餉柑者味甘而實極瑰大既食之即令收核種之後圃坐人竊笑蓋七八也後公食柑十年而終收一作録

元參政香飯

陳秀公丞相與元參政厚之同日得疾陳忽寄聲問元安否曰參政之疾當即痊矣某雖小愈亦非久世者續

請其說秀公曰某病中夢至一所金碧煥目室間羅列甕器甚多上皆以青帛羃之具題曰元參政香飯也某問其故有守者謂某曰元公自少至老每食度不能盡則分減别器未嘗殘一食也此甕所貯皆其餘也世人每食不盡則狼籍委棄皆爲掠剩所罰至於減算奪禄無有免者今元公由此當更延十年福算也後數月而秀公薨元果安享耆壽其孫中大公紹直云

楊文公鶴誕

楊文公之生也其胞蔭始脱則見兩鶴翅交掩塊物而
蠕動其母急令密棄諸溪流始出户而祖母迎見亟啟
視之則兩翅欻開中有玉嬰轉側而啼舉家驚異非常
器也余宣和間於其五世孫德裕家見其八九歲時病
起謝郡官一啟屬對用事如老書生而筆蹟則童稚也

了齋排蔡氏

陳瑩中為橫海軍通守先君與之為代嘗與言蔡元長
兄弟了翁言蔡京若秉鈞軸必亂天下後為都司力排

蔡氏之黨一日朝會與蔡觀同語云公大阮真福人觀問何以知之了翁曰適見於殿庭目視太陽久之而不瞬觀以語京京謂觀曰汝爲我語瑩中既能知我何不容之甚也觀致京語於陳了翁徐應之曰射人當射馬擒賊當擒王觀默然後竟有郴州之命

姚麟奏對

姚麟爲殿帥王荆公當軸一日折簡召麟麟不即往荆公因奏事白之裕陵裕陵詢之麟對曰臣職掌禁旅宰

相非時以片紙召臣臣不知其意故不敢擅往裕陵是
之又有語麟馭下過嚴者裕陵亦因事勵之麟恐伏而
對曰誠如聖訓然臣自行列蒙陛下拔擢使掌衛兵於
殿庭之間此豈臣當以私恩結下爲身計耶裕陵是之

李右轄抑神致雨二異

李右轄公素初爲吉州永豐尉夜夢二神赴庭一神秉
牒見訴云某縣境地神也被隣邑地神妄生威福侵境
以動吾民民因爲大建福宇日饗牲牢之奉某之祠香

火不屬也以公異日當宰衡天下故敢求決於公公素
爲抑隣神越疆之罪二神拜伏而出既覺聞報新祠火
起神座一䕺而盡又大觀間公自工部郎中出典泗州
是歲淮甸久不雨至於苗穀焦垂郡幕請以常例啟建
道場禱于僧伽之塔公曰唯容作施行郡民憫雨之心
晨夕爲遲而至旬日畧無措置事件殆至父老扣馬而
請及怨讟之言盈于道路往來親舊與寮屬乘間委曲
言者再三公但笑答曰某忝領郡寄凶旱在某之不德

無日不念也且容更少處之一日晨起視事畢呼郡吏
只令告報塔下具佛盤啟建請雨道場仍報郡官俱詣
行香且各令從人具雨衣從行一郡腹誹以爲狂率既
至塔下焚香致敬訖復令具素飯留郡官就食待雨而
歸飯罷烈日如焚公再率郡寮詣僧伽前炷香默禱者
久之休于僧寺須臾雷起南山甘澤傾注舉郡懽呼集
香花迎擁公車還郡而散一雨三日千里之外蒙被其
澤時郡倅曾紘帥郡官密以前日公漫不省衆請而一

出便致霈澤如宿約者何謂也公徐語之曰某自兩月前意念天久不雨必爲秋田之害即於治事廳後齋居飯素取僧伽像嚴潔致供晨夕祈禱非不盡誠前夕忽夢僧伽見過其言上帝以此方之民罪罰至重勑龍鎖水老僧晨夕享公誠禱特於帝前以公罪已憂歲之心陳於帝今已得請來日辛下訪當以隨車爲報也某拜謝再三既覺知普照王非欺我者遂决意帥諸公同詣塔下焚禱俟之無他異也

生竈神

余嘗與許師正同過平江夜宿村墅聞村人坎鼓羣集爲賽神之會因往視之神號龍太保者實旁村陸氏子固無恙也每有所召則其神往謂之生竈神既就享村人問疾雖數百里皆能即至其家回語患人狀師正之室余氏歸雲川省其母忽得疾師正憂之因禱神往視以驗之神應禱而去須臾還曰我至汝婦家方潔齋請僧誦法華經一作僧達法華者施戒諸神滿前皆合爪

以致肅敬我不得入頃刻隣人婦來觀前炳二燭乃是牛脂所爲但聞血腥迎鼻而諸神驚唾而散我始敢前病人能啜少粥自此安矣余與師正始末深信及歸驗之皆如其言因相戒以脂爲燭云

春渚紀聞卷一

欽定四庫全書

春渚紀聞卷二

宋　何薳　撰

雜記

天繪亭記

昭州山水佳絶郡圃有亭名天繪建炎中吕丕為令以天繪近金國年號思有以易之時徐師川避地於昭吕乞名於徐久而未獲復乞於范滋乃以清輝易之一日

徐策杖過亭仰視新榜復得亭記於積壤中亟使滌石視之乃丘濬寺丞所作也其畧云余擇勝得此亭名曰天繪取其景物自然也後某年某日當有俗子易名清輝可為一笑考范易名之日無毫髮差也

赤天魔王

蔣頴叔為發運使至泰州謁徐神公坐定了無言說將起忽自言曰天上也不靜人世更不定疊蔣因叩之曰天上已遣五百魔王来世間作官不定疊不定疊蔣復

叩其身之休咎徐謂之曰只發運亦是一赤天魔王也

二富室踈財

宣和間朝廷收復燕雲即科郡縣敷率等第出錢增免夫錢海州懷仁縣楊六秀才妻劉氏夫死獨與一子俱而家素饒於財聞官司督率嚴促而貧下户艱於輸納即請於縣乞以家財十萬緡以免下户之輸縣令欣然從之調夫輦運數日畫空其庫藏者七間因之掃治設佛供三晝夜既畢明旦視之則屋間之錢已復堆垜盈

滿數之正十萬緡而皆用紅麻為貫每五緡作一辮辮首必有一小木牌上書麻青二字觀者驚異莫知其然或有釋之者曰如聞青州麻員外家至富號麻十萬家豈非神運其錢至此耶劉氏因遣人往青州蹤跡之果有州民麻氏其富三世自其祖以錢十萬鎮庫而未嘗用也一夕失之不知所往劉氏即專人致殷勤於麻氏請具舟車復歸此錢麻驚嗟久之而遣介委曲附謝云吾家福退錢歸有德出於天授今復往取違天理而非

人情不敢祇領也劉氏知其不可曰我既誠輸此錢以助國用豈當更有之即散施貧民及助修佛道觀宇一錢不留於家家益富云昔唐明皇顧視一龍横亘南山而首尾皆具詢之左右侍臣或有見有否者所見者俱止見龍之一體未見全龍也帝曰朕聞至富可敵至貴令名王元寶視之元寶奏稱所見與帝一同然則所謂富家大室者所積之厚其勢可以比封君而錢足以使鬼神則於剥取之道唯恐無間若二家之視十萬緡之

積於天授人與之際其處之如此蓋有可嘉者

后土詞瀆慢

金陵郤衍字仲昌篤實好學終老不倦年八十二以大觀四年五月十五日無疾而終臨終時一日顧謂其甥黄子文曰老子明日與甥訣矣疇昔之夜夢黄衣人名至一官府侍衛嚴肅據案而坐者冠服類王者謂余曰世傳后土詞瀆慢太甚汝亦藏本何也即命黄衣人復引余過數城闕止一殿庭余傍視殿廡金碧奪目但寂

不聞人語聲須臾簾閤忽有呼邵衍者曰帝命汝為圜
真相俾汝禁絕世所傳后土詞當何以處之余對以傳
者應死呼者曰可也乃即日莅職余拜命出門足蹶而
覺所夢極明予亦欲吾家與甥知此詞之不可復傳誌
之誌之子丈未之深信翌日凌晨往視之衍謂子丈曰
甥更聽吾一頌即舉身高唱曰雖然萬事了絕何用逢
人更說今朝拂袖便行要趂一輪明月言訖而終子丈余
姪壻也余亦素與仲昌遊云

沈晦夢騎鵬摶風

沈晦赴省至天長道中夢身騎大鵬摶風而上因作大鵬賦以記其事已而果魁天下

吳觀成二夢首尾

儒林郎吳説字觀成始為青陽縣丞江西賊劉花三挾黨暴掠所在震驚吳時被檄捕賊夢肩輿始出而回視其後皆無首矣心甚惡之意謂賊必入境已而獲於他郡觀成即解官而歸至臨安會富陽宰李文淵以憂去

郡以吳攝邑事月餘清溪賊方臘引衆出穴官軍不能
拒吳有去官意而素奉北方真武香火即誠禱乞夢以
決去留至晚夢一黃衣人云上司有牒吳取視之則空
紙耳遽覆紙視之紙背有題云富陽知縣第一將既覺
思之曰吾禱神去留而以第一將為言豈不當去此更
合統兵前鋒拒賊否已而縣民逃避者十七八吳引獄
囚疎決始訊問次賊已奄至急匿小舟泛江得免其從
者半為賊殺則前在青陽時夢視後無首者驗也後官

軍既平賊而郡縣避賊官吏俱從安撫司剋復之功盡獲還任呉適丁憂不能從也既行賞黜而有司莫能定罪即具奏裁有旨縣官臨賊擅去官守例同將官擅去營陳法除名編置隣郡同例者六人富陽係第一人始悟第一將之告云

風和尚答陳了齋

金陵有僧嗜酒佯狂時言人禍福人謂之風和尚陳瑩中未第時問之云我作狀元否即應之曰無時可得瑩

中復謂之曰我決不可得耶又應如初明年時彥御試第一人而瑩中第二方悟其言無時可得之說

畢漸趙諗

畢漸為狀元趙諗第二初唱第而都人急於傳報以蠟刻印漸字所模點水不着墨傳者厲聲呼曰狀元畢斬第二人趙諗識者皆云不祥而後諗以謀逆被誅則是畢斬趙諗也

霍端友明年狀

毗陵李端行與鄉人霍端友同在太學時霍四十餘矣一日倦卧忽起微笑端行詢之霍云我適睡聞窻外有人云霍端友子明年作狀頭故自笑也端行素輕之因謂之曰爾遲暮至此得一第幸甚若果為大魁則何天下之才之如此也既而二人俱中禮部選御試唱第之次端行志鋭意望魁甲即前立以候臚傳忽聞唱霍端友而色若死灰矣

預傳汪洋大魁

汪洋未唱第十日前余於廣坐中見中貴石企及甫云
外閒皆傳汪洋作狀元何也至考卷進御汪洋在第二
魁乃黄中以有官人奏取旨聖語云科第本以待布衣
之士即以洋為魁

黄湟槃讖語

黄公度興化人既為大魁郡人同登第者幾三十人余
一日於江路茶肆小憇繼一士人坐側因揖之且詢其
鄉里云興化落第人也余因謂之曰仙里既今歳出大

魁而登科之數復甲天下是可慶也其人嘆息曰昔黄
涅槃有讖語云拆了屋換了椽朝京門外出狀元初徐
鐸振夫作魁時改建此門近軍爲變城門焚毁之太守
復新四門而此門尤增崇麗黄居門外區市中而左右
六人同遇雖一時盛事亦皆前定非人力所能較也

夢中前定

江淮發運使盧秉元祐初發解赴闕至泗州夜夢肩輿
詣郡守而回過漕司有頂帽執撾而督視工役丹飾門

墻者問之云修此以俟新官也盧曰新官為誰執撾者厲聲而對曰盧秉秉意甚惡其以名呼既覺以語其室亦云我亦夢君得此官即入新宇而二小女在輿前嘗聞入新舍恐有所犯小兒不可令前因呼令後即夢覺繼曉未及盥濯而郡將公文一角至即除盧領大漕事怱遽交職而趨漕衙所監視執撾者與其室呼女之事皆與夢無差也

銀盤貯首夢

餘杭裴豹隱嘗為余言建炎己酉秋詔檄自建康至臨安昌化縣與縣宰魯士元坐教場按閱兵具士元云疇昔之夜夢身乘大舟滿舟皆人首也內有銀盤貯數首者同舟人云係今次第一網也士元熟視銀盤中首內一首乃鄉人錢塘令朱子美之首也士元因戲謂豹隱曰如聞北寇將欲南犯若豕突南渡則子美將不免矣十一月士元暴卒旅櫬歸安吉未及葬十二月九日北寇東至賊發士元之柩掠取衣衾暴尸於外明年二月

始聞子美初報賊至棄縣先遁村落爲鄉兵所殺則銀盤之貯不可逃士元同舟雖不爲兵死亦是一會中同舟之人而銀盤所貯又不知有何甄别也

金剛經二驗

湖州安吉縣沈二公者金人未至夢一僧告之曰汝前身所殺冤報至矣汝家皆可遠避汝獨守舍見有一人長大以刀破門而入者汝無懼即語之曰汝是燕山府李立否但延頸受刃俟其不殺則前冤解矣不數日金

人奄至其家先與隣人竄伏遠山二公者雖欲往不可得也因坐其家視賊之過明日果有一少年破門而入見公怒目以視沈安坐不動仰視之曰汝非燕山府李立耶其人收刃視之曰我未殺汝汝安知我姓名鄉里如是之詳也沈告以夢李方歎息未已顧案閒有佛經一帙問沈曰此何經也沈曰是我日誦金剛經也李曰汝誦此經何時也曰二十年矣李即解衣取一竹筒中出細書金剛經一卷指之曰我亦誦此經五年矣然我

以前寃報汝汝後復殺我寃報轉深何時相解今我不復
殺汝與結為義兄弟汝但安坐無怖我留為汝護至三
日賊盡過取資糧金帛與之而去又方臘據有錢塘時
羣賊散捕官吏慘酷萬狀有任都稅院者其家居祥符
寺之北遠府十里每曉起赴衙集即道中暗誦金剛經
率得五卷二十年不廢賊七佛子者執之令衆賊射於
郡圃任知不免但默誦經不輟而前後發矢數百無一
中其體者賊驚問之疑有他術語以誦經之力賊皆合

爪嘆息釋之且戒餘賊勿得復犯其居也至今猶在年八十餘矣

金甲撞鐘夢

建安徐國華宣和間將入太學夢高樓中懸大金鐘有金甲人立鐘傍視國華擊鐘而言曰二十七甲復一擊云係第七科國華悟而心私喜之曰吾此行取一科第必矣官不過郎列亦何所憾也因記於書帙之末獨不曉其二十七甲與係第七科之語既而丙午年金人犯

關太學生病脚氣而死者大半徐以病終鄉人董縱舉
爲棺殮瘞於東城墓園至即垣中已無瘞穴後至者俱
葬垣外董因記其葬所冀後日舉歸里中數其行列則
第二十七行中第七穴也歸啗其父且出其手書神告
與葬所畧無少差者

龍神需舍利經文

涵山令李究伯源余妻之内兄也宣和間侍其季父仲
將爲廣東憲解秩由江道還楚舟過小孤風勢雖便而

篙櫓不進因上謁龍祠禱龍以祈安濟當致牢醴之謝乞筊不獲旁有言者曰龍知還自番禺或有犀珠之屬顧視行李實無所攜獨有番琉璃貯佛舍利百餘供事奕世矣因以啓龍一擲而許伯源乃跪船舷以瓶下投而水面忽大開裂顧見其間神鬼百怪寶幢羽盖鳴螺擊鼓鈸執金爐迎導者甚衆而不霑濕一人拱手上承舍利既下水即隨合舟柁輕飈轉首之間已行百里矣

又閤門宣事陳安上言元豐初安燾厚卿陳睦和叔二

學士奉父三韓濟海舟中安貯佛經及所過收聚敗經餘軸以備投散放洋之二日風勢甚惡海濤忽大洶湧前後舟相失後舟載者俱見海神百怪攀船而上以經軸為求先舉軸付之繼来者衆度不能給即析經隨紙付之又度不給則剪經行與之至剪經字而得一字之授者莫不頂戴忻悦而去字又隨盡獨餘一鬼懇求甚切云都綱某所頂之帽願以付我也舟人詢其由云此人嘗赴傳經之集是帽戴經久矣此有大功德也亟取

付之稱謝而去指顧之間風濤恬息即安行晚與前舟相及往還皆獲安濟焉

龍蜺放光

横海清池縣尉張澤居於鄆州東城夜自庄舍還而月色昏暗殆不分道行遇道傍木枝煜然有光因折以燭路至家挿壁間醉不復省也晨起怪而取視則枝間一龍蜺才大如新蟬之殼頭角爪尾皆具中空而堅扣之有聲如玉石且光瑩奪目遇暗則光燭于室遂寶之於

家傳玩好事沈中老云紹聖間其從兄為青州幙官因修庭前葡萄架亦得一蜺形體皆如張者獨無光彩耳神龍變化故無巨細但不知有光無光又何謂也

瓦缶冰花

宣義郎萬延之錢塘南新人劉輝榜中乙科釋褐性素剛不能屈曲州縣中年拂衣而歸徙居餘杭行視苕雲陂澤可為田者即市之遇歲運土田圍大成歲收租入數盈萬斛常語人曰吾以萬為氏至此足矣即營建大

第為終焉之計家蓄一瓦缶蓋初赴銓時過都下銅禁
嚴甚因以十錢市之以代沃盥之用時當凝寒注湯頮
面覆缶出水而有餘水留缶凝結成冰視之桃花一枝
也衆人觀異之以為偶然明日用之則又成開雙頭牡
丹一枝次日又成寒林滿缶水村竹屋斷鴻翹鷺宛如
圖畫遠近景者自後以白金為護什襲而藏遇凝寒時
即預約客張宴以賞之未嘗有一同者前後不能盡記
余與賞集數矣最詭異者上皇登極而致仕官例遷一

秩萬遷宣德郎詔下之日適其始生之晨親客畢集是
日復大寒設缶當席既凝氷成象則一山石上坐一老
人龜鶴在側如所畫壽星之像觀者莫不咨嗟嘆異以
為器出於陶革於凡火初非五行精氣所鍾而變異若
此竟莫有能言其理者然萬氏自得缶之後雖復資用
饒給其剝下益甚後有誘其子結婚副車王晉卿家費
用幾二萬緡而娶其孫女奏補三班借職延之死三班
亦繼入鬼録餘資為王氏席卷而歸二子日就淪替今

至寄食於人衆始悟萬氏之富如氷花在玩非堅久之
祥也後歸蔡京家云

正透翔龍犀

都下犀玉工董進項有一瘤瘢其輩行止以董吃提呼
之一日御藥郝隨呼至其第出數犀示之内指一犀曰
此犀大異餘常物也郝語之曰汝先名其中物狀為何
董曰不知此犀曾經衆工審定否郝曰衆工皆具名狀
供證已畢獨候汝以驗汝之精識也即盡出衆所供具

凡三十餘狀董閱畢内指一工所供云是正透牙魚者且言不意此人目力至此以進觀之乃一翔龍所恨者左角短耳郝未誠其言亦大異之即令具軍令狀云若果如所供當為奏賞蓋御庫所藏先朝物有旨令解為帶也劖成則畫如所言即以進御哲廟大嘉賞之錫賜之外更以太醫助教補之

劉仲甫國手碁

碁待詔劉仲甫初自江西入都行次錢塘舍于逆旅逆

旅主人陳餘慶言仲甫舍館既定即出市遊每至夜分方扣戶而歸初不知為何等人也一日晨起忽於邸前懸一幟云江南棊客劉仲甫奉饒天下棊先并出銀盆酒器等三百星云以此償博負也須臾觀者如堵即傳諸好事翌日數土豪集善棊者會城北紫霄宮且出銀如其數推一棊品最高者與之對手始下至五十餘子衆視白勢似北更行百餘其對手者亦韜手自得責其誇言曰今局勢已判黑當嬴籌矣仲甫曰未也更行二

十餘子仲甫忽盡斂局子觀者合噪曰是欲將抵負耶仲甫袖手徐謂觀者曰仲甫江南人少好此伎忽似有解因人推譽致遠國手年来數為人相迫欲薦補翰林祗應而心念錢塘一都會高人勝士精此者衆碁人謂之一關仲甫之藝若幸有一着之勝則可前進凡駐此旬日矣日就碁會觀諸名手對奕盡見品次矣故敢出此標示非狂僭也如某日某人某白本大勝而失應碁着某日某局黑本有籌而誤於應刼却致敗局凡如此

覆十餘局觀者皆已愕然心奇之矣即覆前局既無差
誤指謂衆曰此局以諸人視之黑勢贏籌固自灼然以
仲甫觀之則有一要着白復勝不下十數路也然仲甫
不敢遽下在席高品率精思之若見此者即仲甫當攜
孥累還鄉里不敢復名碁也於是衆碁極竭心思務有
致勝者久之不着已而請仲甫盡着仲甫即於不當敵
處下子衆愈不解仲甫曰此着二十着後方用也即就
邊角合局果下二十餘着正遇此子局勢大變及斂子

排局果勝十三路衆觀於是始伏其精至盡以所對酒器與之延款十數日復厚歛以贐其行至都試補翰林祗應擅名二十餘年無與敵者

祝不疑弈勝劉仲甫

近世士大夫碁無出三衢祝不疑之右者紹聖初不疑以計偕赴禮部試至都為里人拉至寺庭觀國手碁集劉仲甫在焉衆請不疑與仲甫就局祝請受子仲甫曰士大夫非高品不復能至此對手且當爭先不得已受

先逮至終局而不疑敗三路不疑曰此可受子矣仲甫曰觀吾官人之碁若初分布仲甫不能加也但未盡着耳若如前局雖五子可饒況先手乎不疑俛笑因與分先始下三十餘子仲甫拱手曰敢請官人姓氏與鄉里否衆以信州李子明長官為對劉仲甫曰仲甫賤藝備乏翰林雖不出國門而天下名碁無不知其名氏者人年來獨聞衢州祝不疑先輩名品髙着人傳今秋被州薦来試南省若審其人則仲甫今日適有客集不獲終

局當俟朝夕親詣行館盡藝祗應也衆以實對仲甫再

三嘆服曰名下無虛士也後雖數相訪竟不復以碁爲

言蓋知不敵恐貽國手之羞也

張鬼靈相墓術

張鬼靈三衢人其父使從里人學相墓術忽自有悟見

因以鬼靈爲名建中靖國初至錢塘請者踵至錢塘尉

黃正一爲余言縣令周君者括蒼人亦留心地理具飯

延款謂鬼靈曰凡相墓或不身至而止視圖畫可言尅

應否鬼靈曰若方位山勢不差合葬時年月亦可言其
粗也因指壁間一圖問之鬼靈熟視久之曰據此圖墓
上一潭水甚佳然其家子弟若有乘馬墜此潭幾至不
救者即是吉地而發祥自此始矣令曰有之鬼靈曰是
年此墜馬人必被薦送次年登第也令不覺起握其手
曰吾不知青烏子郭景純何如人也今子殆其倫比耳
是年春祀而某乘馬從之馬至潭仄忽大驚躍啣勒不
制即與某俱墜淵底逮出氣息而已是秋發薦次年叨

忝者某是也蔡靖安世先墓在富春白昇嶺其兄宏延
鬼靈至墓下視之謂宏此墓當出貴人然必待君家麥
甕中飛出鵪鶉為可賀也宏曰前日某家卧房米甕中
忽有此異方有野鳥入室之憂鬼靈曰此為尅應也君
家兄弟有被魁薦者即是貴人也是秋安世果為國學
魁選鬼靈常語人曰我亦患數促非久居世者但恨無
人可授吾術矣後二歲果歿時年二十五矣

謝石拆字

謝石潤夫成都人宣和間至京師以相字言人禍福求相者但隨意書一字即就其字離析而言無不奇中者名聞九重上皇因書一朝字令中貴人持往試之石見字即端視中貴人曰此非觀察所書也然謝石賤術據字而言今日遭遇即因此字黥配遠行亦此字也但未敢遽言之耳中貴人愕然且謂之曰但有所據盡言無懼也石以手加額曰朝字離之為十月十日字非此月此日所生之天人當誰書也一座盡驚中貴馳奏翌日

名至後苑令左右及宮嬪書字示之皆據字論說禍福俁有精理錫賚甚厚并與補承信郎緣此四方來求相者其門如市有朝士其室懷娠過月手書一也字令其夫持問石是日座客甚衆石詳視字謂朝士曰此閤中所書否曰何以言之石曰謂語助者焉哉乎也固知是公內助所書尊閤盛年三十一否曰是也以也字上為三十下為一字也然吾官寄此當力謀遷動而不可得否曰正以此為撓耳蓋也字著水則為池有馬則為馳

今池運則無水陸馳則無馬是安可動也又尊閤父母兄弟近身親人當皆無一存者以也字着人則是他字今獨見也字而不見人故也又尊閤其家物產亦當蕩盡否以也字着土則為地字今又不見土也二者俱是否曰誠如所言也朝士即謂之曰此皆非所問者但賤室以懷姙過月方切憂之所以問耳石曰是必十三箇月也以也字中有十字并兩傍二豎下一畫為十三也石熟視朝士有曰有一事似涉奇怪因欲不言則吾官

人所問正決此事可盡言否朝士因請其說石曰也字着虫為虵字今尊閤所娠殆虵妖也然不見蟲蠱則不能為害謝石亦有薄術可為吾官人以藥下驗之無苦也朝士大異其說因請至家以藥投之果百數小虵而體平都人益共神之而不知其竟挾何術也

雍丘驅蝗詩

米元章為雍丘令適旱蝗大起而隣尉司焚瘞後遂致滋蔓即責里正併力捕除或言盡緣雍丘驅逐過此尉

亦輕脱即移文載里正之語致牒雍丘請各務打撲收埋本處地分勿以隣國為壑者時元章方與客飯視牒大笑取筆大批其後付之云蝗虫元是空飛物天遣来為百姓災本縣若還驅得去貴司却請打回来傳者無不絶倒

中霤神

中霤之神實司一家之事而陰祐於人者晨夕香火之奉故不可不盡誠敬余少時過林棣趙倅家見其莊僕

陳青者睡中多為陰府驅令放攝死者䰟識云每奉符
至追者之門則中霤之神先收訊問不許擅入青乃出
符示之審驗反覆得實而後顰蹙而入青於門外呼死
者姓名則其神䰟已隨青往矣其或有官品崇高之人
則自有陰官迎取青止隨從而已建安李明仲秀才山
居偶赴遠村會集醉歸侵夜僕從不隨中道為山鬼推
墮澗仄醉不能支因熟睡中其神徑還其家見母妻於
燭下共坐乃於母前聲喏而母罯不之應又以肘撞其

婦亦不之覺忽見一白髯老人自中霤而出揖明仲而
言曰主人之身今為山鬼所害不亟往則真死矣乃拉
明仲自家而出行十里許見明仲之屍卧澗仄老人極
力自後推之直呼明仲姓名明仲忽若睡醒起坐驚顧
而月色明甚乃一路而歸至家已三鼓矣乃語母妻其
故晨起率家人具酒醴敬謝於神云又朝奉郎劉安行
東州人每遇啜茶必先酹中霤神而後飲一夕忽夢一
老人告之曰主人祿命告終陰符已下而少遲之幸速

處置後事明日午時不可踰也劉起拜老人且詢其誰氏曰我主人中霤神也每承主人酹茶之薦常思有以致效今故奉報也劉既悟點計其家事且語家人神告之詳云生死去來理之常也我自度平生無大過惡獨有一事吾家蔚姑採蘋者執性剛戾與其輩不足若我死必不能久留我家出外則必大狼狽令當急與求一親使之從良且有所歸則我瞑目矣因呼與白金十星以為資遣語畢沐浴易服以俟時至過午忽覺少倦就

憩枕間復夢其神欣躍而告曰主人令以嫁遣廚婢之事天帝佳之已許延一紀之數矣已而睡起安然後至宣和間無病而卒

春渚紀聞卷二

欽定四庫全書

春渚紀聞卷三

宋　何薳　撰

雜記

乖崖劍術

祝舜俞察院言其伯祖隱居君與張乖崖公居處相近

交遊最密公集首編寄祝隱居二詩是也隱居東垣有

棗合拱矣挺直可愛張忽指棗謂隱居曰子句我勿惜

欽定四庫全書

也隱居許之徐探手袖閒飛一短劍約平人肩斷棗為
二隱居驚愕問之曰我往受此術於陳希夷而未嘗為
人言也又一日自濮水還家平野閒遥見一舉子乘驢
徑前意甚輕揚心忽生怒未至百步而舉子驢避道張
因就揖詢其姓氏蓋王元之也問其引避之由曰我視
君昂然飛步神韻輕舉知必非常人故願加禮焉張亦
語之曰我初視子輕揚之意忽起于衷實將不利於君
今當回宿村舍取酒盡懷遂握手俱行共話通夕結交

而去

楊醇叟道術

餘杭沈野字醇仲權智之士也喜蓄書畫頗有精識嘗於錢塘與一道士楊希孟醇叟相遇喜其開爽善談即延與同邸而居沈善談人倫而不知醇叟妙於此術也時蔡元長自翰長黜居西湖日遣人邀致醇叟一日晚歸沈語楊曰余嘗觀翰林風骨氣宇皆足以貴而定不入相楊徐曰子目力未至此人要如美玉琢成百體完

就無一不佳者是人當作二十年太平宰相在但其終未可盡談也楊復善笛蓄鐵笛大如常笛每酒酣必引笛自娛聽者莫不稱善一日與沈飲於娼樓月色如晝而笛素不從客有舉酒而言曰今夕月色佳甚盃酒之樂至矣獨恨不聞笛聲也楊徐笑曰俟令往取實無所遺也酒再行忽引袖出笛快作數弄座客皆不知笛所從来徐扣之云小術耳乃某左右常驅役使鬼也俾之取物雖千里外可立待但不可使盜取耳子欲學之當

卷三

以奉授然又有切於性命者子不問何也沈始敬異之
擇日焚香跪請其術且言吾術斷欲為先子欲得之當
先誓於天尊像前無不可者沈與一姓闞人同授盟戒
而行其教闞未滿百日而輒有所犯即夜夢受杖於像
前晨起背發癰數日而卒既而楊辭以有行沈問所之
楊亦知沈有河朔之遊云我此行且先適淮南子若北
行過楚幸訪我於紫極宮以八月十五日為約踰期恐
行止無定不能再見也楊既行而沈以事留逮至楚則

九月初矣徑往紫極宮訪之了無所聞回過殿角有老道士坐睡因揖以詢楊之存亡道士驚顧對曰左右與醇叟何處相期且當約以何日也沈告之故道士嘆息而言曰楊誠奇士奇士左右之違来惜較旬日之遲也楊至此月餘一日無疾焚香趺坐與衆道士語久之揖座人曰希孟今當有所適然此行學道未竟當更一来也語訖長嘯而逝正八月十五日也今殯東城矣沈于是即觀中設位拜泣醮謝而後行沈後亦不能畢行其

所授而終

王樂仙得道

道人王樂仙或云潭州人初為舉子赴試禮部一不中即裂冠從太一宫王道録行胎養之術歲餘勤至不怠王云我非汝師相州天慶觀李先生汝師也汝持我書訪之當有所授樂仙得書徑至湯陰求之無有也一日坐觀門有老道士見之呼與語曰子尋李先生此去市口茶肆中候之果見赤目蓬首攜瓶至前瀹茶者因揖

之便呼李先生李佯驚曰汝何人也樂仙探懷出王書授之李微笑曰王師乃爾管人閑事耶此非相語處三日黎明候我於觀門也樂仙拜謝而歸三日雞鳴坐門未久李至以手撩髮則兩目煜然如巖電燭人握手入觀中謂樂仙曰汝剗心求道而燒假銀何也樂仙謝誠有以備乏絶無告耳然是乾水銀法非若世人點銅為之以誤後人也李探懷出銀小鋌請以是易子所作如何樂仙取以示之範製輕重與李所授無異也即令取

油鐺於前投樂仙所作烹之須臾粉碎還元曰豈不誤後人耶樂仙悔謝久之李勉之曰知子不妄用亦欲子知此術於子無益耳我且歸後更就汝語也明日訪之主人云夙昔折券而去不云所適也樂仙既蹤跡數日不復再見乃西遊黨山中寓一僧舍主僧亦喜延客因留止旬日而主僧復善壬遁旦日必焚香轉式以占一日之事忽謂樂仙曰今日當有一大貴人臨門不然亦非常之士見過當與子候之并戒其徒掃室以待至日

欲入畧無貴達至者忽遠望林下有一舉子從羸童負
書篋竹笥而來主僧揣之曰我所占貴人豈此舉子異
日非常之兆耶更當復占以驗之即喜躍而出謂樂仙
曰貴者審此人也因相與迎門延至客室相語甚久云
姓蔡嘗舉進士也既而主僧請具飯蔡曰某行李中亦
自有薄具二公居山之久若不拘葷素當可共餉也即
呼燭設席命其僮於竹笥中出果實數種既皆遠方珍
新至傾酒榼樂仙味之元是潭州公厨十香酒也酒行

筒中出三大煎鮭魚尚未冷酒再行又出三肉餅亦若
新出爐者至餘品燒羊鵞炙皆若公侯家珍饌而取諸
左右笑語至夜半而罷二公大異之而不敢詰其所從
至也蔡繼云某亦於此候一親知罷官者當與二公少
周旋也日復一日亦問及養煉事樂仙心獨喜之亦意
其有道者至夕主僧與僕從皆已熟寢即樂仙炷香前
拜而請其從來即以先生禮之且哀懇言其罷舉求道
了未有遇願賜憐憫生死骨肉也蔡徐笑曰我南嶽蔡

真人也固知子棲心之久更俟與子勘問之也樂仙稽首謝其垂接次夕復叩户伺之忽見一大人滕與詹齋而不見其面目音響極厲云仙童萬福投一白紙於蔡前蔡取以示樂仙曰與子勘問至矣紙間有書云某於十洲三島究訪並無此人名籍後檢蓬萊謫籍中始見其名氏鄉里也某人供呈蔡語樂仙曰子無憂也因授以內丹真訣數日別去云汝有未解處但焚香啓我我當自告汝也後樂仙閬通直郎章子才自九江棄官遷

居錢塘金地山行符水救人疾苦外丹已成因南遊過之夜語及蔡真人事取所授白紙示章視其供呈人姓名乃其法籙中六丁名字也即熾炭於爐取紙投之炭盡而紙字如故因相與驚異且乞之以藏其家樂仙既去了不知所向或傳其解化矣章亦數歲而終將葬之夕有一道人不言姓字來護葬事且留物以助其子或疑是樂仙也

啗虵出虱身輕

滄州泥姑寨循塘濼而至界河與北寨相望自乾寧軍穿濼而往止一經每春初啓蟄時塘路羣蛇横道遞送者甚苦之寨卒有蕭志者為人性率同儕多狎侮之一日當送檄文至郡而有大蛇枕道其首如甕兩目煜然可畏也既不敢前即醉宿旁舖舖卒夜以利刃殺蛇而脯之至滿數缶蕭醉醒聞肉香甚問安所從得舖卒紿云夜漁于海得大魚方將共羮而食也蕭不待羮取數臠就火燎食之美甚自郡回因求其餘歸食數日而盡

不知其爲蚍也食蚍之後更不喜聞食氣但覺背脊間腫痒至不可忍時就樹揩痒瘡破中湧細虱不知其數時郡卒陸靖者適居寨中與之助取餘虱計前後出虱數斗痒止瘡復因憩樹陰見濼中鶴雛羣戲念欲取之即身在鶴巢又念可登而取即身在鶴巢又念可登而取即身已在樹杪矣寨卒視之率皆驚異以謂此人偶食成器之物盡出尸蟲而輕身自如得地仙矣因逃兵籍而去

翊聖敬劉海蟾

真廟朝有天神下降憑鳳翔民張守真為傳靈語因以翊聖封之度守真為道士使掌香火大建祠宇奉之自廟百里閒有食牛肉及着牛皮履鞾過者必加殃咎至有立死者一日有人芊袍青巾曳牛革大履直至廟庭進陞堂守慢言周視而出守真即焚香啓神曰此人悖慠如此而神不即殛之有疑觀聽神乃降靈曰汝識此人否實新得道劉海蟾也諸天以今漸入末運向道者少上帝急欲度人每一人得道九天皆賀此人既已受

度未肯便就仙職折旋塵中尋人而度是其所得非列仙之癯者我尚不敢正視之況敢罪之也

嘘氣燒腸

陳無求宣事云嘗赴鶴林寺供佛既飯有一舉子雖衣褐不完而丰神秀頴居于座末主僧顧謂無求曰此道人頗有戲術令日告行當薄贈之且求其一戲為别也舉子亦欣然呼一僧雛取盌器付之令相去二丈餘而立舉子謂之曰我此嘘氣汝第張口受之覺腹熱急言

不爾當燒爛汝腸也言訖噓氣向之須臾僧雛覺腸間如沸湯傾注乃大呼曰熱甚不可忍因使溺盌中舉子徐舉盌示座人曰誰能飲此者舉座穢唾之迺大笑舉盌自飲言別而去明日僧雛遂大惡聞食氣日惟飲水數盃月餘出寺不復見也

仙丹功效

余族兄次翁鼻間生一瘤大如含桃而懼其寖長百方治之不差行至襄陽於客邸遇一道人喜飲而日與周

旋臨別解衣出一小瓢如棗大傾藥如粟粒三授次翁
曰汝夜以針刺瘤根納藥針穴明日瘤當自落其二粒
留以救奇疾也次翁如其言因夜取針剔瘤根納藥至
夜半但覺藥粒巡瘤根而轉至曉捫之則瘤已失去取
鏡視之了無瘢痕也因大神之秘其餘藥不令人知其
女為兒時戲倒折齒不生次翁取藥納齒根一夕齒平
復因以水銀一兩置銚閒取藥投之則化為紫金方知
神仙所煉大丹也

居四郎丹

竅院編修居世英彥實之父人謂之居四郎者遇異人得丹竈術常使一僕守火歲久不懈因度之為僧居京師定歷院幾二十年時曾子宣當軸有堂吏通解可喜其婦得急勞數日而殂繼而病傳堂吏國醫不能療吏與居素善居視之云應須我神丹療之為啓爐取刀圭與服十數日即完復如初出叅丞相子宣大驚云汝非遇仙丹不能起此病吏拜謝起白云某實幸獲居四郎

之丹服之奪命鬼手耳子宣神之使人邀居不能至也
即使門下之人究轉唉其僧前後資給備至約竊丹為
贈而僧誓不負心丞相亦延顧不替僧一日謁丞相而
許分竊為獻子宣喜甚送僧降階而僧退揖為馬臺蹶
倒應時折足舁之而歸數日遂卒子宣即遣人厚貽其
徒并爐取之不知所用但取丹膏圓如粟粒服之一粒
即引水燥甚分諸子服皆然獨子紆公衮服兩粒無異
也後不復加火亦不敢服子宣薨丹盡付石藏用矣

卷三

孫道人尸解

孫道人不知何許人寄居嚴州天慶觀爲人和易初不挾術及言人禍福但袖中嘗蓄十數白鼠子每與人共飲酒酣出鼠爲戲人欲捕取即走投袖中了無見也至約人飲則就酒家市一小尊酌之不竭人告酒困即覆尊而去否則自晨至夕亦不别取也酒家是日必大售人頗以此異之紹興三年三月三日觀中士庶駢集道人拱坐告衆曰我今年九十歲矣久寓此土苟郡人周

旋暫當小别各勉力事善言訖坐逝一郡驚異瘞之城南而塑其像觀中歲餘有南商手持香一瓣封題甚固云我去年三月三日於成都府觀禊事有一道人云我始自嚴州來知予不久回浙幸為我達嚴州天慶觀尋孫道人付之也入觀見塑像驚禮之曰此我成都所見付書人也因共發其藏則空棺矣

綦革遇三皇閟宫

綦革先生内相叔厚之族兄也大觀中叔厚之父守甘

陵革自家往省之過北州河灘見三老人皆布裘青巾
獨坐而語革視其神矩清峻疑非常人即憩馬前揖之
初不相領畧革心益竦異復前致敬一老人徐顧革而
言曰汝往恩州省汝兄耶汝兄感時疾已向安矣然時
將亂離汝之業儒竟無補於事當求遯世修真超脫塵
累也革嘗留意於内外丹事益異其說且曰日宴矣汝
行二十里可少止當再相見也革再拜而前果二十里
至一旅邸遂休僕馬散步邸旁瞻視叢祠因前視其榜

乃三皇閟宫也革即整衣冠肅容進謁祠下仰視塑像
其容服儼然河灘三老人也革自甘陵即屏居絶慾專
以修真為務隱於家之九仙山後又徙海中徐福山宣
和乙巳故人陳某者調雄州兵曹聞金人犯邊意未敢
往乃詣革家扣其去留之事乃書一絶與之云三月楊
花滿路飛敵人遊騎拍鞍歸高天二聖猶難保誰道雄
關是可依陳解其意遂輟行李至明年丙午三月二聖
北狩始知革有前知之見後范温起海州李寔以布衣

被執溫待寔甚厚每事多訪之溫意欲歸朝又擬投僞齊議未決寔與革有舊密往見之且告以情革曰公來年今日已陞朝合食宋禄餘人無使知也寔由是為溫決歸朝之策及溫引衆歸朝朝廷定賞以寔嘗與溫謀自白身授朝奉郎一如革言

仙桃變人首

余妻之祖父朝議君馬餘慶元祐末為巴郡守遣健步王信者持書至都始出郡城數十里道傍顧見二道士

野酌食桃甚大信亦休其仄固乞之道士以殘桃與之
信聲喏而食之道士復探懐取一大如盂者授之信益
喜跪謝引裾裹桃而行未數里探桃將食則一人首也
血漬殷然即驚懼急投之澗水疾走還郡狀若狂人見
人即作怖畏狀口稱怖人怖人而不食不飲郡守呼之
徐問其故既語所遇即復奔逸狂言因使以病告而縱
之後蜀中時有見之者

聖和尚前知

汴渠第五鋪有異僧衆名之聖和尚時語人禍福扣之
則不復道也熙寧初余伯父朝奉君與先博士君同章
申公詣闕時申公改官未久先博士未第也申公所在
喜訪異人至鋪具飯邀僧過門即延之入座熟視先君
曰福人福人宰相是你手裏出已而回視申公曰承天
一柱判斷山河視伯父獨無言既去先君戲申公曰承
天一柱判斷山河則當是正拜之徵然一柱為何申公
曰我作宰相更容兩人也後果如其言而先君宰相之

出獨未有徵驗云

張道人異事

張道人福州福青人生以樵採為給一日樵歸於山道遇二道人對棊弛擔就觀棊者忽顧之而語曰子頗憶與吾二人同學之勤否我亦以子沈滞人間未能遠引也今子困躓亦已至矣復能從我覓學乎張忽醒然悟解通知宿命且語之曰我安能從爾學神仙也我將學大乘法為浮圖氏不久吾師至矣棊者問子師為誰曰

令勑住秀州崇德福嚴寺真覺大師志濟是也即負樵還家翌日入城市以相字為名而言人禍福率皆如見嵗餘黄八座裳自明守移鎮至郡實攜志濟而来張即投之祝髮郡人但以道人呼之每擇佛宇敝壊者輙入居之不俟遣化而施者雲集至嘗新而遷他所福人甚欽敬之一夕郡城火自郡將監司而下環視無策或有言何不呼張道人也郡官曰張道人何知鬱攸之事而須呼之也既而火迫郡署至取郡額投火以從厭勝之

說其烈愈熾不得已使名之應呼而至即長揖郡官曰俱面火致敬同音誦心火滅凡火滅六字張乃擕瓶水上履層簷騰踔如飛亦大稱誦六字水所過處火不復延須臾遂止今尚存所傳異事不止此也

雀鰍蚱蟹之異

戒殺之事得於傳聞者甚衆目視五事不可不記為後人之戒也富陽春明村趙二以網捕為業年五十卧病踰年艱餓備至求死者屢矣一日覺頭癢不可堪恐把

搔之極至指甲流血乃取梳齒痛戞終不快意遂呼其
婦搊髮揺頭痒似少止頃之復甚則以手助力提捽遂
致腦脱落而腦間雀嘴叢咂不知其數隣里環觀助其
誦佛懺罪以覬速死兩日始遂氣絶錢塘北郭吕五以
炙鰍鰻為給而鰍至難死每以一大斛置鰍滿中投以
鹽醯聽其咀啖至困然後始加刀炙云令鹽醯之味漬
入骨中則肉酥而味美以故市之者衆不數年吕五得
疾但覺胸腹間燥渴不勝飲水不快而口復念鹽醯為

味以盃盂置牀時時飲之且言燋也與翻過看令家人
轉仄其體日夜數十百番至體肉消潰腸胃流迸而卒
湖州膾匠嚴進忽得狂疾曝日城壁下自嚙其指至十
指皆盡血流被體號呼而終蘇州薛氏小兒年十三探
鸛雛於木杪不知先有大虵啖雛巢中兒始驚視張口
則虵徑投入兒口與兒俱墮木下人救之則虵食兒心
與虵俱死矣河朔雄霸與滄棣皆邊漕濼霜蟹當時不
論錢也每歲諸郡公廚糟淹分給郡僚與轉餉中隣貴

人無慮殺數十萬命余寮婿李公慎供奉侍其季父守雄州會客具飯始啓一藏甕大蟹滿中皆已通熟可啖而上有一巨蟹肌體為糟漿浸漬亦已透黄而矍索甕面往来不可執衆客驚異徐出而縱之濼中用以戒殺者甚衆

牛王宫芒飯

陶安世云張覲鈐轄家人嘗夢為人追至一所仰視榜額金書大字云牛王之宫既入見其先姨母驚愕而至

云我以生前嗜牛復多殺今此受苦未竟所苦者日食
芒飯一升耳始語次即有牛首人持飯至視之皆小鐵
蒺藜其大如麥粒而鋒鋩甚利飯始入咽則轉次而下
痛貫腸胃徐覺臂體閻爍痒即以手爪把搔至於痒極
血肉隨爪而下淋漓被體牛首人則取鐵把助之至體
骨現露鋩飯盡出一呼其名則形體復舊家人視之恐
怖欲逃牛首人即呼持之曰汝亦嘗食此肉四兩今當
食飯二合而去號呼求解不可得即張口承飯飯才下

咽則痛楚不勝宛轉之次忽復夢覺腮頰舌皆腫不能
即語至翌日始能言因述其夢云
殯柩者役於伽藍
余馬嫂之季父承奉郎蔡字彥明錢塘人赴調至山陽
感時疾而終婦家即山陽李氏也遺孤始十歲未克扶
護歸祔先隴因權厝城北水陸寺凡十五年其母金華
君終始獲從葬其子初至啓殯致夢其子曰我自旅殯
此寺即為伽藍神拘役至今未得生路今獲歸掩真宅

始神魄自如而轉生有期矣又丹陽方可大言建中靖
國間有時相夫人終於相府未獲護葬還里權厝城外
普濟寺忽見夢於其門人云為語我家我日夕苦於伽
藍神之役得速歸瘗則免此矣門人請曰夫人而見役
何也夫人曰我生享國封不為不尊而死亦鬼耳況以
遺骸滓穢佛界之地得不大譴罰而姑役使之亦幸矣
二事適相類者則知精廬所在在人則以為託之闃寂
闡鐘梵之聲可資亡者依向之福必不慮因循失葬明

則致羈魂之尤幽則苦護神之役反俾亡者不安不得不為戒也

魚菜齋僧

吳興藺村沈氏子嘗具舟載往平江中道有僧求附舟尾生因容之行十餘里生晨炊僧求飯遂分共之且謂僧曰適與舟人羹魚為饌無物為盤羞不罪也僧曰無問魚與菜施當在子心耳生意僧欲得羹因分餉之食竟僧謂生曰汝量出數金為襯施生曰食魚而須襯施

非余所當獻也僧曰無問魚與菜在汝心施耳生復意
其欲金量與襯僧問生齋僧一員欲何所獻生曰食魚
非齋何獻之有僧曰無問魚菜在汝心獻耳生不得已
戲謂之曰請獻藺村大王僧遂合爪祝獻既行數里登
岸而去明年正月生與社人祭神廟中神降於稠人中
謝生曰去歲深承輟飯齋僧而無心布施得福最多以
是一僧之故我甚增威力生已忘前事神人謂生曰汝
至某村有僧附舟汝以魚飯之次有惡獸欲截汝舟我

時已陰護之矣生始記憶因語其詳於社人云

挽經牛

裴亞卿言紹興九年湖州普安院尼沈大師者聞吳江縣潘氏兄弟析居而家有華嚴經一部惜不忍分試往求之衆議皆允而尼請歸具香花及舟載迎取潘老謂尼曰爾往則恐有中變者我今幷具小舟假汝載往如何尼欣然更過所望經既登舟而歲適大旱川港乾涸不能寸進翁曰我更假汝一牛挽引而前也經既至院

牛船還家公中夜忽語其媼曰吾之捨經得供養矣而吾牛何處也媼問之云我適夢牛而人言曰謝公數年豢養之力又承公遣以挽經之功令得脫此畜身徑生安樂處感德無窮也亟往視之牛已死矣

蝤蛑黑鯉見夢

餘杭尉范達夜夢介冑而拜于庭者七人云某等皆錢氏時歸順人令海行失道死在君手幸見貸也既覺有人以蝤蛑七枚為獻因遣人縱之于江編修元時敏夜

夢項星冠而見謁者九人且稽首祈命其詞甚哀元雖異之而了不知其由曉起經廚間正見以盤覆一大盆啟視之乃黑鯉九枚潑剌盆中因舉盆放之而記其事

懸豕首作人語

秀州東城居民韋十二者於其庄居豢豕數百散市杭秀閭數歲矣建炎初因幹至杭過肉案見懸一豕首顧之而人言曰韋十二我等償汝債亦足矣從者亦聞其言韋愕然悔過還家盡毀圈牢取所存豕市之得錢數

千緡散作佛事及印造經文冀與羣豕求免輪迴刀刃
之苦知者謂章善補過

春渚紀聞卷三

欽定四庫全書

春渚紀聞卷四

宋　何薳　撰

雜記

宗威愍政事

宗君汝霖其遇事雖用權智而濟難於談笑之間士大夫多能道之建中靖國間爲文登令同年青州教授黃策上書自姑蘇編置文登州遣牙校押赴貶所過縣而黃

適感寒疾不能前進牙校督行雖加厚賂祈爲一日之留堅不可得不得已使人致殷勤於公公即具供帳於行館及命醫診候至調理安完而了不知牙校所在密訊其從行者云自至縣即爲縣之胥魁約飲於營妓而已次胥吏日更主席此校嗜酒而貪色至今不肯出戶屢迫促之乃始同進金人犯闕鑾輿南幸兵退以公尹開封初至而物價騰貴至有十倍於前者郡人病之公謂參佐曰此易事自都人率以食飲爲先當治其所先

則所緩者不憂不平也密使人問米麪之直且市之計其直與前此太平時初無甚增乃呼庖人取麵令作市肆籠餅大小爲之及取糯米一斛令監庫使臣如市酤醖酒各估其值而籠餅枚六錢酒每角七十足出勘市價則餅二十酒二百也公先呼作坊餅師至訊之曰自我爲舉子時來往京師今三十年矣籠餅枚七錢而今二十何也豈麥價高倍乎餅師曰自都城經亂以來米麥起落初無定價因襲至此某不能違衆獨減使賤市

也公即出兵厨所作餅示之且語之曰此餅與汝所市
重輕一等而我以日下市直會計新麵工直之費枚止
六錢若市八錢則已有兩錢之息今爲將出令止作八
錢敢擅增此價而市者罪應處斬且借汝頭以行吾令
也即斬以徇明日餅價仍舊亦無敢閉肆者次日呼賣
撲正店任修武至訊之曰今都城糯價不增而酒值三
倍何也任恐悚以對曰某等開張承業欲罷不能而都
城自兵馬已來外居宗室及權貴親屬私釀至多不如

是無以輸納官麯之直與工役油燭之費也公曰我爲
汝盡禁私釀汝減直百錢亦有利入乎任扣顙曰若爾
則飲者俱集多中取息足辦輸役之費公熟視久之曰
且寄汝頭頸上出率汝曹即揭招榜一角止足百錢足
不患乎私醞之攙奪也明日出令敢有私造酒麯者捕
至不問多寡並行處斬於是傾糟破甑者不勝其數數
日之間酒與餅直既並復舊其它物價不令而次第自
減既不傷市人而商旅四集兵民懽呼稱爲神明之政

時杜充守北京號南宗北杜云

膠黐取虎

忻代种氏子弟每會集講武多以竒勝爲能一夕步月莊居有莊戸迎白曰數夕來每有一虎至麥場軟藁閒輾展取快移時而去宜徐往也從者有言請付我一矢當立斃以獻其一子弟在後笑謂羣從曰我不煩一矢之遺當以膠黐取之如黏飛雀之易也衆責其誇言曰請醵錢五千具飯會飲若不如所言我當獨出此錢也

衆許之而還翌晨集庄户散置膠藕至暮得斗餘盡令塗場間麥稈上并繫羊以餌之共伺其旁至月色穿林果有徐行妥尾而至者遇繫羊攫而食之意若飽適即顧麥場轉舒其體數轉之後膠稈叢身牢不可脱至於尾足頭目矇暗無視體間如被錮束畜性剛烈大不能堪於是伏地大吼騰躍而起幾至丈許已而屹立不動久之衆合噪前視之則立死矣

銅章異事

青社土軍高闆耕地得古銅印文曰宣州觀察使印即謹藏之不以示人後金人犯闕高統勤王之師屢立戰功遂除察使如印章云每有移文即借用此章又承務郎王淵洛陽人鎖試赴省過黃河灘因憩所乘籃輿渡口輿脚小兀旁拾塊土就支輿而土破中得一銅章視之乃其姓名也

死馬醫

有名士爲泗倅者卧病既久其子不慧郡有太醫生楊

介名醫也適自都下還衆令其子謁之且約介就居第診視介亦謙退謂之曰聞尊君服藥且更數醫矣豈小人能盡其藝耶其子曰大人疾勢雖淹久幸左右一顧且作死馬醫也聞者無不絕倒

鹽龍

蕭注從狄殿前之破蠻洞也收其寶貨珍異得一龍長尺餘云是鹽龍蠻人所豢也藉以銀盤中置玉盂以玉筯摭海鹽飲之每鱗甲中出鹽如雪則收取用酒送一

錢乜專主興陽而前此無説者何也後因蔡元度就其體舐鹽而龍死其家甘鹽封其遺體三數日用亦大有力後聞此龍歸蔡元長家云

宿生盲報

於潛主簿沈存純良字忠老余從兄之壻也初兄之子許歸内兄黄陞有年矣繼而黄被薦中禮部選以書約唱第後成禮女一夕得目疾便不分明醫視之云目睛以破不可療也即以疾報黄乞罷婚而黄云昔許我固

無恙人也我豈以一第而黜盲妻哉後竟不敢違其母
兄之命因循告罷女年齒浸長謀與披帶入道不復有
適人之議也然端麗明悟不知者以爲無病人也余兄
弟寓居烏墩與忠老遊愛其和易多學忠老諸兄各宦
遊相遠亦欲相依爲生願得盲女爲家既成婚數日忠
老夢至一官府兩廡皆囚繫人也忠老方顧視之次忽
見有緋衣人昇廳事據案而坐者羣吏庭集聲喏而退
緋衣者遽呼市物之人怒其物不至使杖之其人應言

不順怒益甚亟呼左右取束藁周其身以火薰灼其目忠老視之忽若微笑者旁一人謂忠老曰子視此不加惻然更復嬉笑以助其怒心此緋衣人乃子今日之妻也語竟而覺忠老遽以所夢語盲妻曰異哉冥報之事不爲誣也汝以一怒之熾至以火灼人目遂獲半生無目之報我以一笑之緣不免今日有盲妻之累且以一笑一怒之失其報如此況夫妻以樂禍爲心而積惡如陵京者哉豈不爲他生之慮耶

馬武復得妻

陶節夫爲定帥，而本州駐泊都監馬武官期踰年始至。既交割參府，公退衙至屏後，而侍人高姐者就妝袍帶，涕泗交頤。公訝而訊之，云適參府都監某之本夫也。公愕然問其故，乃言馬歷官并相失之詳。公領之，明日具酒肴，獨約馬將會飲閣中，三爵之後，徐謂馬曰：「公之官之期，何爲更稽緩爾耶？」馬離席隕涕曰：「某去春擕家京師，因與家人輩至大內前觀燈，稠人中忽與老妻相失求訪不獲因循幾年迫於貧乏不免攜孥就禄無他故也公即呼取大金巵注酒滿中揖馬而笑謂之曰能盡此巵當有好事相聞飲訖語馬曰天下事有出於非意而適然相遇如此賢閤縣君於睽索中適某過澶州得之逆旅間了不言其所自也昨日窺屏見公且語其詳某適已令具兠乗䕶歸將司矣馬始驚喜次而軍校聲喏云已送駐迫宅眷歸衙訖一郡驚嗟共嘆其異也

僧淨元救海毀人

錢塘楊村法輪寺僧淨元年三十通經祝髮即爲禪比丘遍參明目得法之後歸隱舊廬人不之異也政和癸巳海岸崩毀浸壞民居自仁和之白石至鹽官上管百有餘里朝廷遣道士鎮以鐵符及大築堤防且建神祠以禳禦之毀益不支至紹興癸丑師忽謂衆曰我釋迦文佛歷刼以來救護有情捐棄軀命初無少靳而我何敢愛此微塵幻妄坐視衆苦而不赴救即起禪定振屨經行視海毀最甚處至于蜀山時六月五日也從而觀

者數百人而海風激濤噴湧山立師將褰衣而前衆爭挽引且請偈言以示後來師笑之曰萬法在心底須言句我不能世俗書亦姑從汝請耳即高舉曰我捨世間如夢衆人須我作頌頌即語言邊事了取自家真夢又曰世間人心易了只爲人多不曉了即皎在目前未了千般學道頌畢舉手謝衆踴身沉海衆視驚呼至有頓足涕流者謂即葬魚腹矣移時風止海波如鏡遙見師端坐海面如有物拱戴者順流而來直抵崩岸爭前挽

掖而上視師衣履不濡也逮視岸側有數大鯉昂首久之沉波而去即揚聲謂衆曰自此海毀無患也不旬日大風漲沙悉還故地蜀山之民深德之即其地營庵居留事之至紹興乙卯四月八日忽集衆說偈告寂曰會得祖師真妙訣無得無物又無說唱散烏雲千萬重一點靈心明皎潔咄安坐而化

受杖准地獄

杭州寶藏寺主藏僧志詮其所得施財無毫髮侵用也

偶寺僧有謂詮曰子所積施貸我十千後當以三千爲
息歸子拒之不獲即如數付之數月果以十三千償詮
詮曰三千之息非常住物因以爲香燭之費而常蓄一
猫甚馴起居之間未嘗輙相捨也後猫死詮晝夢一官
府有金紫人出迎執禮甚恭如舊相識詮回語之曰弟
子今此何所職掌且於老僧有何緣契而勤勤若此也
金紫人曰某前身有過合受畜身而經爲猫償報旣盡
以宿性直剛今得爲冥官方爲猫時蒙師六年愛育之

恩每思有以報効今日召師之來蓋有說也師前受寺
僧貸藏施錢三千之息雖用爲佛供利歸一已是亦准
盜法當受地獄一刼之苦更作無量功德不可免也詮
因求哀金紫人曰某亦常爲師叅問比折之報只有於
世間受十三杖之苦可代此外無策也語訖夢覺詮即
私念曰我幸主藏之久頗爲僧俗所敬若一受杖責何
面目於叢林也當作苦行以規救免於是盡捨衣鉢爲
佛供及躬修長懺甚自刻苦歲餘會錢塘縣官擕家累

入寺僧適盡赴供無一人迎門者縣官已懷怒心始登方丈而足為猫糞所污意大憤躁從者徑於懺堂捽志詮而出云此住持僧也怠於却掃故此避匿耳詮亦不測其由應對不順即呼五百杖之十三而去詮始悟前夢不復介意而常戒其徒不可以常住之物為已用者如此云

古道者披胸燃臂

錢塘淨慈寺古道者主供侍病僧寮一日病僧有告之

曰我病少愈念少晁血爲味汝能爲我密致之幸甚至
暮夜袖血餉僧食之美甚一二日復多以金付之再有
所須同寮僧雛窺道者於隙處披其胸取漆盂以利刃
刺心血覆盂其上解衣帶纏遶久之開視盂中血凝矣
即以葱醯依前法製之以進病僧僧雛大駭出以所見
語其徒且告病僧皆大驚異後堂頭闞人府請明老住
持明辭之堅甚至東坡先生以簡督之尚未之許道者
聞之曰須我一行耳時明老出寓北山昭慶寺道者即

以油布裹手及手臂至前禮請曰道者請燃此手以爲和尚導即跪膝然火了不變色燃至手腕明老即命駕從之觀者雲集莫不咨嗟駭異至有流涕者逮至明老安息方丈始稱謝而退燃至半臂矣

花木神井泉監

建安黃正之之兄行之客寄桐廬方臘之亂爲賊所害賊平正之素奉天師道即集道侶與邑人啟建黃籙道塲追薦殺賊之衆俱有報應而正之特夢其兄告之曰

我以罵賊不屈而死上帝見賞已補仙職矣汝無憂也凡世人至忠至孝及貞廉之士與夫有一善可録者死有所補授如花木之神井泉之監不可不知也

磨刀勸婦

裴亞卿言爲童稚時侍其祖母文安縣君聞語居宣城之日隣有俗子忘其姓名娶婦甚都而悍於事姑每夫外歸必泣訴其凌虐之苦夫常默然一夕於燈下出利刃示其婦婦曰將安用此夫好謂之曰我每見汝訴我

以汝姑之不容我與汝持此去之如何婦曰心所願也夫曰今則未也汝且更與我謹事之一月令汝之勤至而俾姑之虐暴四隣皆知其由然後我與汝可密行其事人各快其死亦不深窮暴死之由也婦如其言於是怡顏柔語晨夕供侍及市珍鮮以進飲饌姑不知其然即前撫接頓加和悅幾致月矣復乘酒取刃玩於燈下其氣憤憤呼其婦語之曰汝姑日來於汝若何曰日來視我非前日比也又一月復扣兩刃問之婦即懽然曰

姑今於我情好倍加前日之事愼不可作也再三言之
夫徐握刃怒視之曰汝見世間有夫殺婦者乎曰有之
復有見子殺母者乎曰未聞也夫曰人之生也以孝養
爲先父母之恩殺身莫報及長而娶婦正爲承奉舅姑
以長子息耳汝歸我家我每察汝侍少容色不能承順
我母乃反令我爲此大逆天地神明其容之乎我造此
刃實要斷汝之首以快我母之心姑貸汝兩月使汝改
過怡顏盡爲婦之道於我母待汝之心知曲不在母而

安受我刃也其婦戰懼淚如傾雨拜于牀下曰幸恕我此死我當畢此生前承順汝母常如今日不敢更有少懈也久之乃許其後婦姑交睦播於親黨有密知此事者因竊語之聞者皆謂此雖俗子而善於調御轉惡爲良雖士君子有不能處者矣

紫姑大書字

政和二年襄邑民因上元請紫姑神爲戲既書紙間其字徑丈或問之曰汝更能大書否即書曰請連粘襄表

二百幅當爲作一福字或曰紙易耳安得許大筆也曰
請用麻皮十斤縛作令徑二尺許墨漿以大器貯備濡
染也諸好事因集紙筆就一富人麥場鋪展聚觀神至
書云請一人繫筆于項其人不覺身之騰踔往來塲間
須臾字成端麗如顔書復取小筆書于紙角云持往宣
德門賣錢五百貫文既而縣以妖捕羣集之人大府聞
之取就鞫治訖無他狀即具奏知有旨令就後苑再書
驗之上皇爲幸苑中臨視乃書一慶字與前書福字大

小相稱字體亦同上皇大奇之因令於襄邑擇地建祠
歲祀之
夢鱠
吳興溪魚之美冠於他郡而郡人會集必以斫鱠爲勤
其操刀者名之鱠匠沈忠老言其外祖丁學士君雖湖
人而生性不喜食鱠一日忽夢登對已而少休殿廡間
傳言以鱠縷一盤爲賜食之美甚既覺忽念其味會鄉
人有以鮮鯉餉其子者即取具鱠舉筯而盡自後日進

一器歲餘復夢登對賜鱠如初食訖而寤但聞腥氣逆鼻遂不復食至終身云

謔魚

姑蘇李章敏於調戲偶赴鄰人小集主人者雖富而素鄙會次章適坐其傍既進饌章視主人之前一煎鮭特大於衆客者章即請於主人曰章與主人俱蘇人也每見人書蘇字不同其魚不知合在左邊者是在右邊者是也主人曰古人作字不拘一體移易從便也章即引

手取主人之魚示衆客曰領主人指撝今日左邉之魚

亦合從便移過右邉如何一座輟飯而笑終席乃已

龔正言持鉢巡堂

龔彦和正言自貶所歸衛城縣寓居一禪林日持鉢隨

堂供暇日偶過庫司見僧雛具湯餅問其故云具殿院

晩間藥食龔自此不復晩飡云

繪像荅語

毗陵胡門下宗回夫人錢塘關氏女數歲時晨起致敬

尊長前而壁間有六妃像家人戲指之曰此亦可致禮
夫人即前斂躬起居忽若卷子有云夫人萬福之應者
左右皆聞驚異旣長果歸胡氏卒享暈翟之榮關仲子
云

花月之神

建安章國老之室宜興潘氏女二族稱其韶麗旣歸國
老不數歲而卒其終之日室中飛蝶散滿不知其數聞
其始生亦復如此旣設靈席每展遺像則一蝶停立久

之而去後遇遠諱之日與曝像之次必有一蝶隨至不論冬夏也其家疑其爲花月之神建安張端公伯玉始生而鬼哭於家三日而止既死鬼笑于梁至大歛始寂然葢其母初禱子于郡之黎山王廟夢神指其旁鬼官與之二家俱余姻家也得之不誣

施妳婆

湖州烏墩鎮沈氏婢其隣里呼之施妳婆者年六十餘鬓兩髻明其尚處子也年二十爲沈氏婢會大疫主公

主母繼亡獨餘二女子各十數歲無旁親可依爲生施
即傭舂旁舍或織草屨與縫紉之事得錢以給二女且
教護之至於長大擇良爲配更爲撫抱其子盡力奴事
鎮人皆知敬愛之每大家出遊則假守舍餘物滿前一
毫不移也至今尚在

孫家尚吕媪

湖州孫略教授家婢名吕媪者服勤孫氏有年矣性謹
朴無他能但常日晨起就廚中取食器潔之衆所棄餘

粒閒有落溝渠者亦拾取淘濯再於釜中或加五味煑

食之未嘗一日廢也年七十餘一日微疾即告其家人

曰爲我髡髮着五戒衣我將去矣家人從之因起以左

手結印而化家人遂龕置開元寺中觀者餘月了無穢

氣而髮漸生因與剃之後一月一剃

春渚紀聞卷四

春渚紀聞卷五

雜記

宋 何薳 撰

章有篆字

吳興章有以小篆名世其用筆簡古得石鼓遺法出文勛章友直之右所作復古編以正篆隸之本識者嘉之嘗為余言心字於篆文只是一倒火字耳蓋心火也不

欲炎上非從包也畢少董文簡之孫妙於鼎篆而亦多見周秦凡有盤盂之銘其論水字云中間一竪更不須曲只是畫一坎卦耳蓋坎為水見於鼎銘多如此者并記之

唐子西論文

唐子西言司馬遷敢亂道却好班固不敢亂道却不好不亂道又好是左傳亂道又不好是唐書八識田中若有一毫唐書亦為來生種子矣

玉川昌黎月蝕詩

施彦質言玉川子詩極高使稍入法度豈在諸公之下但韓以詩人見稱故時出狂語聊一驚世耳韓退之有效玉川子月蝕詩讀之有不可曉者既謂之效乃是玉川子詩何也亦嘗聞葉大經云玉川子既作此詩退之深愛之但恨其太狂因削其不合法度處而取其合者附於篇其實改之也退之尊敬玉川子不敢謂之改故但言效之耳

明皇無心治天下

周正夫言人君所論只一宰相唐明皇欲相張嘉貞却忘其名字不知用心向何處又河北皆陷顔真卿獨全平原乃始云朕不謂有此人夫小大一箇顔真卿自不知姓名又纇杲卿忠義貫日月後其子不免饑寒不知平日勾當甚事乃知明皇本無心治天下也

古書託名

先君為武學博士日被旨校正武舉孫吴等七書先君

言六韜非太公所作內有考證處先以稟司業朱服服言此書行之已久未易遽廢也又疑李衛公對問亦非是後為徐州教授與陳無已為交代陳云嘗見東坡先生言世傳王氏元經薛氏傳關子明易傳李衛公對問皆阮逸著撰逸嘗以草示奉常公也非獨此世傳龍城記載六丁取易說事樹萱録載杜陵老李太白諸人賦詩事詩體一律而龍城記乃王銍性之所為樹萱録劉燾無言自撰也至於書刻亦然小字樂毅論實王著所

書李太白醉草則葛叔忱戲欺其婦公者山谷道人嘗言之矣

畫字行棋

古人作字謂之字畫所謂畫者蓋有用筆深意作字之法要筆直而字圓若作畫則無有不圓勁如錐畫沙者是也不知何時改作寫字寫訓傳則是傳模之謂全失秉筆之意也又奕棋古亦謂之行棋宋文帝使人齎藥賜王景文景文死時與客棋以函置局下神色不變且

思行爭劫蓋棋戰所以為人困者以其行道窮迫耳行字於棋家亦有深意不知何時改作着棋着如着帽着屐皆訓容也不知於棋者有何干涉也且寫字着棋天下至俗無理之語而并賢愚皆承其說何也

瓻酒借書

杜征南與兒書言昔人云借人書一癡還人書一癡山谷借書詩云時送一鴟開鎻魚又云明日還公一癡常疑二字不同因於孫愐唐韻五之字韻中瓻字下注云

酒器大者一石小者五斗古借書盛酒瓶也又得以證二字之差然山谷鴟夷字必别見他説當是古人借書必先以酒醴通殷勤借書皆用之耳

定武蘭亭叙刻

定武蘭亭叙石刻世稱善本自石晉之亂契丹自中原輦載寶貨圖書而北至真定德光死漢兵起太原遂棄此石於中山慶歷中土人李學究者得之不以示人韓忠獻之守定武也李生始以墨本獻公堅索之生乃瘞

之地中别刻本呈公李死其子乃出石散模售人每本須錢一千好事者爭取之其後李氏子負官緡無從取償宋景文公時為定帥乃以公帑金代輸而取石匣藏庫中非貴遊交舊不可得也熙寧中薛師正出牧其子紹彭又刻副本易之以歸長安大觀間詔取其石龕置宣和殿世人不得見也丙午金人率師與岐陽石鼓復載而北今不知所在也此語見於續仲永所藏定武蘭亭後康伯所跋也

鄒張鄧謝後身

邊鎬為謝靈運後身故小字康樂范純夫為鄧仲華後身故名祖禹張平子後身為蔡伯喈鄒陽後身為東坡居士即其習氣似皆不誣也

李朱畫得坡仙賞識

李頎字粹老不知何許人少舉進士當得官棄去烏巾裘為道人遍歷湖湘間晚樂吴中山水之勝遂隱於臨安大滌洞天往來苕溪之上遇名人勝士必與周旋素

善丹青而間作小詩東坡倅錢塘日粹老以幅絹作春山橫軸且書一詩其後不通姓名付樵者令俟坡之出投之坡展視詩畫益已奇之矣及問樵者誰遣汝也曰我負薪出市始經公門有一道人與我百錢令我呈此實不知何人也坡益驚異之即散問西湖名僧輩云是粹老久之偶會於湖山僧居相得甚喜坡因和其詩云詩句對君難出手雲泉勸我早抽身是也粹老畫山筆力之妙畫物之變而秀潤簡遠非若近世士人畧得其

形似便復輕訾前人自謂超神之妙出於法度之外者
然不能為人特作世所有者絶少得其小屛幅紙以為
寶玩也遂家所藏二横軸一雪山一春晴自兵火已來
餘物散盡此二畫幸常在老眼耳又松陵朱象先東坡
先生蓋嘗與之叙文云能文而不求舉善畫而不求售
者其畫始規摹董北苑與巨然而自出新意筆力高簡
潤澤而有生理出許道寧李遠輩之上但其為人既經
東坡先生題目之後不肯為人輕作又不為王公大人

所屈世所傳者亦不甚多其在嘉興日毛澤民為郡守
於郡城絶景處增廣樓居名月波者日與賓客燕息其
上常延致朱象先為一大屏真近世絶筆但日來賞鑒
之家未免徵逐時好未有深知其二人者後遇真賞有
損千金而求其一筆者不獲始以余言為不謬也粹老
二橫軸續仲永後得之其子承休歸鄭公輔也

精藝同一理

朱象先少時晝筆常恨無前人深遠潤澤之趣一日於

鵞溪絹上戲作小山覺不如意急湔去之故墨再三揮染即有悟見自後作畫多再滌去或以細石磨絹要令墨色着入絹縷者沈珪道人作墨亦嘗因搗和墨蒸去故膠再入新膠及出灰池而墨堅如石遂悟李氏對膠法云

陳涂共為冥吏

晉江陳彥柔言文林郎知縣事孫復為政廉明郡以其才力有餘俾參幕事一日與幕僚會茶獨見一黄衣人

授以天符且云當與州之舉子涂楷者同領職追還家越夕而卒時紹興十一年五月十二日巳而楷聞孫死之異復夢衣黄紫人羅立庭參云天命名汝職領甚要既覺忻然命筆書壁間云拜伏庭前又一番天書雖捧未容看南陽从作蟠龍臥應為蒼生起謝安明年孫死之日楷無疾而終

天尊賜銀

臨安府天慶觀馬道士言有老道士劉虛靜年七十餘

來寓雲安堂且執爐於天尊像前注香冥禱意甚虔至覿有小道士伏於暗中默聆其禱乃云虛靜年老羈單一身常恐一旦數盡身膏草野若蒙上天賜以白金十星足為身後之備志願足矣小道士乃取白蠟鑄成小錠僕其夕禱即遙擲其旁虛靜得之驚異伏謝再三不復細視姑謹藏之語其徒曰人之誠悃常患不至爾雖天道高遠而聽甚卑無不從人者小道士復欲戲之因又密求視其所獲請之既數不免示之小道士即懷之

疾走衆中示羣道士相與笑其狂眛久之不至虗靜從而執之且孰視其物曰此白蠟耳非我所穫者喧譊不置必欲訟之官府小道士家素饒於財衆道士勸諭之曰汝若致訟則所費不止此不若如數償之遂真有所穫雖虗靜一時非意之禱而造物者宛曲取付葢亦巧矣

擅鐘畫像作追薦

余仲兄馬氏嫂之母符離高氏女年二十以産乳殁其

父朝議君念之深切夜夢女告之曰無他作冥助第呼
畫人狀我并令像與我身等名鄰僧使糊鐘間祝撞鐘
人及多許之金令晨昏聲鐘時呼我名氏而懺祝之俟
此像忽自脫落了無損動即我超生時也朝議君曉起
語家人為呼畫人及名寺僧如其言委之不數月忽夢
女銖衣寶冠稱感功德今當生樂處矣泣謝而去夢覺
未及語而寺僧扣門以脫像為示果無少損處云

張山人謔

紹聖間朝廷貶責元祐大臣及禁毀元祐學術文字有言司馬温公神道碑乃蘇軾撰述合行除毀於是州牒巡尉毀折碑樓及碎碑張山人聞之曰不須如此行遣只消令山人帶一箇玉册官去碑額上添鐫兩箇不合字便了也碑額本云忠清粹德之碑云

酒譃

宗室趙子正監永静軍耽酒嗜書札而喜人奉已有過客執甒而前正遇趙於案間揮翰自得客自旁視再三

而歎美其妙趙舉首視之曰汝亦知書耶客曰小人亦嘗留心字畫切觀太保之書雖王右軍復有不及者趙詰之曰汝玩我耶曰某嘗觀法書云王書一字入木八分今太保之書一落筆則入水十分豈不為過於右軍耶坐人皆賞其機中為之絶倒趙亦笑而遣之

木中有字

三衢毛氏庭中一木忽中裂而紋成衍字如以濃墨書染者體作顔平原書會其子始生因以名之後衍登進

士第官至龍圖閣而終文晉江尤氏其鄰朱氏圃中有柿木高出屋上一夕雷震中裂木身亦若以濃墨書尤家二字連屬而上不知其數至於木枝細者破視亦隨枝之大小成字尤氏乞得其木作數百段分遺好事字體帶草勁健如王會稽書朱氏後以其圃歸尤氏云

隴州鸚歌

王景源云有韓奉議者為隴州通守家人得鸚歌忽語家人曰鸚歌數日來甚思量鄉地若得放鸚歌一往即

生死無忘也家人聞其語甚憐之即謂之曰我放你甚易此去隴州數千里外你怎生歸得曰鸚歌亦自記得來時驛程道路日中且去深林中藏身以避鷹鷂之擊夜則飛行求食以止饑渴爾家人即啓籠及與解所繫縚線且祝其好去鸚歌亦低首答曰娘子穩更各自好將息莫憶鸚歌也遂振翼望西而去家人輩亦悵然者久之謂必無遠達之理至數月舊任有經使何忠者自隴州差至京師投下文字始出州城因憩一木下忽聞

木杪有呼急足者忠愕然謂是鬼物呼之再三不免仰
首視之即有鸚歌且顧忠曰你記得我否我便是韓通
判家所養鸚歌也你到京師切記為我傳語通判宅眷
鸚歌已歸到鄉地甚快活深謝見放也忠咨嗟而行至
都遂至韓第問鸚歌所在具言其所見舉家驚異且念
其慧黠及能偵候何忠傳達其言為可念者或未以為
信余曰昔唐太宗時林邑獻五色鸚歌新羅獻美女二
人魏鄭公以為不宜受太宗喜曰林邑鸚歌猶能自言

苦寒思歸況二女之遠別親戚乎并鸚歌各付使者歸之又明皇時太真妃得白鸚鵡聰慧可愛妃每有燕遊必置之輦竿自隨一日鸚鵡忽低首愁慘太真呼問之云鸚鵡夜夢甚惡恐不免一死已而太真妃出後苑有飛鷹就輦攫之而去宮人多於金花紙上寫心經追薦之者此又能通曉夢事則其靈慧非止一鸚歌也

野駝飲水形

先君嘗見蔡元度言其父死委術者王壽昌於餘杭尋

視葬地數日不至蔡因夢至一官府有紫衣人據案而坐望蔡之入遙語謂曰汝尋葬地已得之否野駞飲水形是也覺而異之適壽昌至問其所得云有一地在臨平山勢聳遠於某術中佳城也但恐觀者未誠吾言耳元度云姑言山形可也王云一大山巍然下臨浙江野駞飲水形也元度曰無復他求神先告我矣即用之

春渚紀聞卷五

欽定四庫全書

春渚紀聞卷六

宋　何薳　撰

東坡事實

文章快意

先生嘗謂劉景文與先子曰某平生無快意事惟作文章意之所到則筆力曲折無不盡意自謂世間樂事無踰此者

後山往杏園

建中靖國元年陳無已以正字入館未幾得疾棄世可時為登封令夜夢無已見别行李匆甚樓問是行何之曰暫往杏園東坡少遊諸人在彼已久樓起視事而得參寥子報云無已逝矣

坡仙之終

冰華居士錢濟明丈嘗跋施能叟藏先生帖後云建中靖國元年先生以玉局還自嶺海四月自當塗寄十一

詩且約同程德儒至金山相候既往逌之遂決議為毘
陵之居六月自儀真避疾臨江再見於奔牛埭先生獨
臥榻上徐起謂某曰萬里生還乃以後事相託也惟吾
子由自再貶及歸不復一見而決此痛難堪餘無言者
久之復曰某前在海外了得易書論語三書今盡以付
子願勿以示人三十年後會有知者因取藏篋欲開而
鑰失匙某曰某獲侍言方自此始何遽及是也即遷寓
孫氏館日往造見見必移時慨然追論往事且及人間

出嶺海詩文相示時發一笑覺胷宇間秀爽之氣照映坐人七月十二日疾少間曰今日有意喜近筆硯試為濟朋戲書數紙遂書惠州江月五詩明日又得跋桂酒頌自爾疾稍增至十五日而終

鄒陽十三世

遂一日謁冰華丈於其所居烟雨堂語次偶誦人祭先生文至降鄒陽於十三世天豈偶然繼孟軻於五百年吾無間也之句冰華笑曰此老夫所為者因請降鄒陽事

冰華云元祐初劉貢甫夢至一官府案閒文軸甚多偶取一軸展視云在宋為蘇某逆數而上十三世云在西漢為鄒陽蓋如黄帝時為火師周朝為柱下史只一老聃也

紫府押衙

霅川莫蒙養正崇寧間過余言夜夢行西湖上見一人野服髽髻頎然而長參從數人軒軒然常在人前路人或指之而言曰此蘶翰林也養正少識之亟趍前拜且

致恭曰蒙自為兒時誦先生之文願執巾侍不可得也不知先生厭世仙去今何所領而參從如是也先生顧視久之曰是太學生莫蒙否養正對之曰然先生領之曰某今為紫府押衙語訖而覺後偶得先生嶺外手書一紙云夜登合江樓夢韓魏公騎鶴相過云受命與公同北歸中原當不久也已而果然小說載魏公為紫府真人則養正之夢不誣矣

裕陵瞻賢士

先生臨錢塘郡日先君以武學博士出為徐州學官待
次姑蘇公遣舟邀取至郡留款數日約同劉景文泛舟
西湖酒酣顧視湖山意頗歡適且語及先君被遇裕陵
之初而歎今日之除似是左遷久之復謂景文曰如某
今日餘生亦皆裕陵之賜也景文請其說云某初逮繫
御史獄獄具奏上是夕昏鼓既畢某方就寢忽見二人
排闥而入投篋于地即枕臥之至四鼓某睡中覺有撼
體而連語云學士賀喜者某徐轉側問之即曰安心熟

寢乃挈篋而出蓋初奏上舒亶之徒力詆上前必欲置之死地而裕陵初無深罪之意密遣小黄門至獄中視某起居狀適某晝寢鼻息如雷即馳以聞裕陵顧謂左右曰朕知蘇軾胸中無事者於是即有黄州之命則裕陵之恕念臣子之心何以補報萬一後先君嘗以前事語張嘉父嘉父云公自黄移汝州謝表既上裕陵覽之顧謂侍臣曰蘇軾真奇才時有憾公者復前奏曰觀軾表中猶有怨望之語裕陵愕然曰何謂也對曰其言兄

弟並列於賢科與驚魂未定夢遊縲紲之中之語蓋言軾轍皆前應直言極諫之詔今乃以詩詞被譴誠非其罪也裕陵徐謂之曰朕已灼知蘇軾衷心實無他腸也於是語塞云

墨木竹石

先生戲筆所作枯株竹石雖出一時取適而絶去古今畫格自我作古蓬家所藏枯木并拳石叢篠二紙連手帖一幅乃是在黄州與章質夫莊敏公者帖云某近者

百事廢懶唯作墨木頗精奉寄一紙思我當一展觀也後又書云本只作墨木餘興未已更作竹石一紙同往前者未有此體也是公亦欲使後人知之耳

裕陵惜人才

公在黃州都下忽盛傳公病殁裕陵以問蒲宗孟宗孟奏曰日來外間似有此語然亦未知的實裕陵將進食因歎息再三曰才難遂輟飯而起意甚不懌後公於哲廟朝表薦先子博士備論云先皇帝道配周孔言成典

謨蓋嘗當食不御有才難之歎其說蓋出於此

著述詳攷故實

秦少章言公嘗言觀書之樂夜常以三鼓為率雖大醉歸亦必披展至倦而寢然自出詔獄之後不復觀一字矣某於錢塘從公學二年未嘗見公特觀一書也然每有賦詠及著撰所用故實雖目前燦爛熟事必令秦與叔黨諸人檢視而後出

書明光詞

蔣子有家藏先生於吳牋上手書一詞是為餘杭通守時字云紅杏子夭桃盡獨自占春芳不比人間蘭麝自然透骨生香對酒莫相忘似佳人兼合明光只憂長笛吹花落除是寧王既不知曲名常以問先生門下士及伯達與仲虎叔平諸孫皆云未之見也又不知兼合明光是何等事或云是酴醿也

論古文俚語二說

文章至東漢始陵夷至晉宋間句為一段字作一處其

源出於崔蔡史載文姬兩詩特為俊偉非獨為婦人之奇乃伯喈所不逮也又俚俗語有可取者處貧賤易耐富貴難安勞苦易安閑散難忍痛易忍癢難人能安閑散耐富貴忍癢真有道之士也二段所書皆東坡醉墨漾家寶之甚久後入御府世無傳此語者故錄於此

題領巾裙帶二絶

嘉興李巨山錢安道尚書甥也先生嘗過安道小酌其女數歲以領巾乞詩公即書絶句云臨池妙墨出元常

弄玉嬌癡笑柳娘吟雪屢曾驚太傅斷弦何必試中郎又於陶安世家見為劉唐年君佐小女裙帶上作散隷書絕句云任從酒滿翻香縷不願書來繫綵牋半接西湖横緑草雙垂南浦拂紅蓮每句皆用一事尤可珍寶也

營妓比海棠絕句

先生在黄日每有燕集醉墨淋漓不惜與人至於營妓供侍扇書帶畫亦時有之有李琪者小慧而頗知書札

坡亦每顧之喜終未嘗得公之賜至公移汝郡將祖行
酒酣奉觴再拜取領巾乞書公顧視之久令琪磨硯墨
濃取筆大書云東坡七歲黄州住何事無言及李琪即
擲筆袖手與客笑談坐客相謂語似凡易又不終篇何
也至將徹具琪復拜請坡大笑曰幾忘出場繼書云恰
似西川杜工部海棠雖好不留詩一座擊節盡醉而散

太白胸次

士之所尚忠義氣節不以摛詞摘句為勝唐室宦官用

事呼吸之間殺生隨之李太白以天挺之才自結明王
意有所疾殺身不顧王舒公言太白人品汚下詩中十
句九句説婦人與酒至先生作太白賛則云開元有道
為可留縻之不可矧肯求又平生不識高將軍手汚吾
足乃敢嗔二公立論正似見二公胸次也

賦詩聯詠四姬

徐黄州之子叔廣十四秀才先生與其舅張仲謨書所
謂十三十四者皆俊性者是也嘗出先生醉墨一軸字

畫歌傾龍虵飛動乃是張無盡過黃州而黃州有四侍人適張夫人攜其一往壻家為浴兒之會無盡因戲語云厥有美妾良由令妻公即續之為小賦云道得徵草鄭趙姓稱孫姜閻齊浴兒於玉潤之家一變足矣侍坐於冰清之次三英粲兮既暮而張夫人復還其一還乃閻姬也最為徐所寵公復書絶句云玉筍纖纖揭繡簾一心偷看綠羅尖使君三尺毬頭帽須信從來只有簷

樂語畫隸三絶

遂於揚州得先生子晝一樂工復作樂語云桃園未必無杏銀鑛終須有鉛荇帶豈能攔浪藕花却解留蓮其後文作漢隷書子瞻禹切同觀真三絶也

秦觏相遇自述輓誌

先生自惠移儋耳秦七丈少游亦自郴陽移海康渡海相遇二公共語恐下石者更啟後命少游因出自作挽詞呈公公撫其背曰某常憂少游復何言某亦嘗自為誌墓文封付從者不使過子知也遂相與嘯詠而别初

少遊謁公彭門和詩有更約後期遊汗漫葢識於此云

牛酒帖

先生在東坡每有勝集酒後戲書以娛坐客見於傳録者多矣獨畢少董所藏一帖醉墨瀾翻而語特有味云今日與數客飲酒而純臣適至秋熟未已而酒白色此何等酒也入腹無贓任見大王既與純臣飲無以脩酒西鄰耕牛適病足乃以爲肉飲既醉遂從東坡之東直之出至春草亭而歸時已三鼓矣所謂春草亭乃在郡

城之外是與客飲私酒殺耕牛醉酒踰城犯夜而歸又不知純臣者是何人豈亦應不當與往還人也

饋藥染翰

先生自海外還至贛上寓居水南日過郡城攜一藥囊遇有疾者必為發藥并疏方示之每至寺觀好事者及僧道之流有欲得公墨妙者必預探公行遊之所多設佳紙於紙尾書記名氏堆積案間拱立以俟公見即笑視略無所問縱筆揮染隨紙付人至紙尚多即笑語之

曰日暮矣恐小書不能竟紙或欲齋名及佛偈幸見語也及歸人人厭滿忻躍而散

寫畫白團扇

先生臨錢塘日有陳訴負綾絹錢二萬不償者公呼至詢之云某家以製扇為業適父死而又自今春已來連雨天寒所製不售非固負之也公熟視久之曰姑取汝所製扇來吾當為汝發市也須臾扇至公取白團夾絹二十扇就判筆作行書草聖及枯木竹石頃刻而盡即

以付之曰出外速償所負也其人抱扇泣謝而出始
踰府門而好事者争以千錢取一扇所持立盡後至而
不得者至懊恨不勝而去遂盡償所逋一郡稱嗟至有
泣下者

寺認法屬黑子如星

錢塘西湖壽星寺老僧則廉言先生作郡倅日始與參
寥子同登方丈即顧謂參寥曰某生平未嘗至此而眼
界所視皆若素所經歷者自此上至懺堂當有九十二

級遺人數之果如其言即謂參寥子曰某前身山中僧
也今日寺僧皆吾法屬耳後每至寺即解衣盤礴久而
始去則廡時為僧雛侍𠭥每暑月袒露竹陰間細視公
背有黑子若星斗狀世人不得見也即北山君謂顔魯
公曰誌金骨記名仙籍是也

觀書用意

唐子西云先生赴定武時過京師館於城外一國子中
余時年十八謁之問近觀甚對以方讀晉書猝問其中

有甚亭子名予茫然失對始悟前輩觀書用意如此

筆下變化

晁丈無咎言燕公少時手抄經史皆一通每一書成輒變一體卒之學成而已迺知筆下變化皆自端楷中來爾不端其本而欺以求售吾知書中孟嘉自可點識也

馬𨇤答問

元祐三年北虜賀正使劉霄等入賀公與狄詠館伴錫燕回始行馬而公馬小𨇤劉即前訊曰馬驚無苦否公

應之曰銜勒在御雖小失無傷也

蘸劉互謔

劉貢父舍人滑稽辨捷為近世之冠晚年雖得大風惡疾而乘機決發亦不能忍也一日與先生擁爐於慧林僧寮謂坡曰吾之鄰人有一子稍長因使之代掌小解不逾歲偶誤質盜物資本耗折殆盡其子媿之引乃罪而請其父曰某拙於運財以敗成業今請從師讀書勉赴科舉庶幾可成以雪前耻也其父大喜即擇日具酒

肴以遣之既别且囑之曰吾老矣所恃以為窮年之養者子也今子去我而遊學儻或僥倖啟門换户吾之大幸也然切有一事不可不記或有交友與汝唱和須子細看莫更和却賦詩狼狽而歸也蓋譏先生前逮詔獄如王晉卿周開祖之徒皆以和詩為累也貢父語始絶口先生即謂之曰某聞昔夫子自衛反魯會有名夫子食者既出而羣弟子相與語曰魯吾父母之邦也我曹久從夫子轍環四方今幸俱還鄉里能乘夫子之出相

從尋訪親舊因之閱市否衆忻然許之始過闤闠未及
縱觀而稠人中望見夫子巍然而來於是惶懼相告由
夏之徒奔蹕越逸無一留者獨顔子拘謹不能遽為閽
步顧市中石塔似可隱蔽即屏伏其旁以俟夫子之過
已而羣弟子因目之為避孔子塔貢父風疾之劇以報
之也

回江之利

先生元祐四年以内相出典餘杭時水官侯臨亦繼出

守上饒過郡以嘗渡江敗舟於浮山遂畫回江之利以獻從公相視其宜一自富陽新橋港至小嶺開鑿以通閑林港或費用不給則置山不鑿而令往來之舟般運度嶺由餘杭女兒橋港至郡北關江漲橋以通運河一自龍山閘而出循江道過六和寺由南蕩朱橋港開石門平田至廟山然後復出江道二十里云富陽而公詩有坐陳三策本人謀唯留一諾待我畫謂此又云石門之役萬金耳首鼠不為吾已隘又云上饒使君更超逸

坐睨浮山如累塊者知所議出於倖也時越尼身死官
籍其資得錢二十萬緡公乞於朝又請度牒三百道佐
用得請而公入為翰林承吉除林希子中為代有訣者
言令鑿龍山姥嶺正犯太守身因寢其議而遷用亡尼
之資遺患至今往來者惜之

翰墨之富

先生翰墨之妙既經崇寧大觀焚毀之餘人間所藏蓋
一二數也至宣和間内府復加搜訪一紙定直萬錢而

梁師成以三百千取吾族人英州石橋銘譚積以五萬錢輟沈元弼月林堂榜名三字至於幽人釋子所藏寸紙皆為利誘盡歸諸貴近及大卷軸輸積天上丙午年金人犯闕輪運而往疑南州無一字之餘也而紹興之初余於中貴任源家見其所藏幾三百軸最佳者有經寸字書宸奎閣記行書南遷乞乘舟表與酒子賦又於先生諸孫處見海外五賦字皆如醉翁亭記而加老放畢少董處見自虜中還得責呂惠卿詞於王信仲家人

針箧中續仲永處見海外祭妹德化縣君文與余世寶東坡先生無一錢詩醉草十紙龍蛇飛動皆非前後石刻所見者則德麟趙丈嘗跋公書後有翰墨稽天發乎妙定之語為不虛也

龍團稱屈賦

先生一日與曾直文潜諸人會飯既食骨䭔兒血羹客有須薄茶者因就取所碾龍團遍啜坐人或曰使龍茶能言當須稱屈先生撫掌久之曰是亦可為一題因援

筆戲作律賦一首以俾薦血羹龍團稱屈為韵山谷擊節稱詠不能已已無藏本聞闗子開能誦今亡矣惜哉

贋換真書

先生元祐間出帥錢塘視事之初都商税務押到匿税人南劍州鄉貢進士吳味道以二巨捲作公名銜封至京師蘇侍郎宅顯見偽妄公即呼味道前訊問其捲中果何物也味道戚而前曰味道今秋忝冒鄉薦鄉人集錢為赴省之贐以百千就置建陽小紗得二百端因計

道路所經場務盡行抽稅則至都下不存其半心竊計之當今負天下重名而愛奬士類唯内翰與侍郎耳縱有敗露必能情貸味道遂偽假先生台銜緘封而來不探知先生已臨鎮此邦罪實難逃幸先生恕之公熟視笑呼掌牋奏書史公令去舊封換題細銜附至東京竹竿巷蘓侍郎宅并手寄子由書一紙付示謂味道曰先輩這回將上天去也無妨來年高過當却惠顧也味道悚謝再三次年果登高第還具牋啟謝殷勤其語亦多

警策公甚喜為延欵數日而去

春渚紀聞卷六

欽定四庫全書

春渚紀聞卷七

宋 何薳 撰

詩詞事略

牧之詩誤

十洲記載鳳麟洲上多麟鳳人取鳳咮及麟角合煎為膠號集弦膠又名連金泥漢武帝時西國王使至獻膠四兩甞於上續絃者是也而杜牧之詩有天上鳳凰難

得髓何人解合續絃膠恐髓字誤然髓亦安可為膠也

冬瓜堰

雲溪友議載酒徒朱冲嘲張祜云白在東都元已薨鸞臺鳳閣少人登冬瓜堰下逢張祜牛矢灘邊説我能以祜時為堰官也按承吉以處士自高諸侯府爭相辟名性狷介不容物輒自劾去豈肯屈就堰官之辱耶金華子雜説云祜死子虔望亦有詩名嘗求濟於嘉興裴弘慶署之冬瓜堰官虔望不服弘慶曰祜子守冬瓜已過

分矣此説似有理也

作文不憚屢改

自昔詞人琢磨之苦至有一字窮歳月十年成一賦者白樂天詩詞㨿皆衝口而成及見今人所藏遺槀塗竄甚多歐陽文忠公作文既畢貼之牆壁坐卧觀之改正盡善方出以示人蓋嘗於文忠公諸孫望之處得東坡先生數詩槀其和歐叔弼詩云淵明爲小邑繼圏去爲字改作求字又連塗小邑二字作縣令字凡二改乃成

今句至胡椒銖兩多安用八百斛初云胡椒亦安用乃
貯八百斛若如初語未免後人疵議又知雖大手筆不
以一時筆快為定而憚於屢改也

司馬才仲遇蘓小

司馬才仲初在洛下晝寢夢一美姝牽帷而歌曰妾本
錢塘江上住花落花開不管流年度燕子銜將春色去
紗牕幾陣黄梅雨才仲愛其詞因詢曲名云是黄金縷
且白後日相見於錢塘江上及才仲以東坡先生薦應

制舉中等遂為錢塘幕官其廨舍後唐蘇小墓在焉時秦少章為錢塘尉為續其詞後云斜插犀梳雲半吐檀板輕籠唱徹黃金縷夢斷彩雲無覓處夜凉明月生春渚不踰年而才仲得疾所乘畫水輿艤泊河塘柁工遽見才仲攜一麗人登舟即前聲喏繼而火起舟尾狼忙走報家已慟哭矣

劉景文夢代晉文公

東坡先生稱劉景文博學能詩凜凜有英氣如三國陳

元龍之流元祐五年坡守錢塘景文為東南將領佐公開治西湖日由萬松嶺以至新堤坡在潁州和景文詩有萬松嶺上黄千葉載酒年年踏松雪劉郎去後誰復來花下有人愁斷絶謂此後坡薦景文得隰州以歿景文晚歲常夢與晉文公神友夢中酬唱甚多家有編錄既至隰州三日謁神祠出東城所歷之地及拜瞻神象曉然夢中往還文公及每至所在也一日夢文公云已受帝旨得景文為代月餘景文得疾郡人有宿郊外者

見郡守嚴衛而入文公祠中淩晨趍府公已屬纊矣

趙德麟跋太白帖

雖自九天分派不與萬李同林步處雷驚電繞空餘翰墨窺尋此趙德麟跋遺所藏李太白醉草後其實自謂也

暨氏女野花詩

建安暨氏女子十歲能詩人令賦野花詩云多情樵牧頻簪髻無主蜂鶯任宿房觀者雖加驚賞而知其後不

保真素竟更數夫流落而終

王子直誤疵坡詩

王子直詩話云東坡先生作程筠歸真亭詩有會看千字隸木杪見黿跌黿跌是碑座不應見於木杪指以為病初不知亭在山半自下望碑則黿跌正在木杪豈真在木上耶杜子美北征詩云我行已水濱我僕猶木末豈亦子美之僕留挂木末如猿猱耶

泖節字異

松陵唱和詩陸魯望賦吳中事云三節凉波魚藴動五
茸春草雉媒嬌注稱遠祖士衡載泖從水而此乃從草
五茸吳王獵所又有陸機茸皆豐草所在今觀所謂三
泖皆漫水巨浸春夏則荷蒲演迤水風生凉秋冬則葭
葦藂翳魚嶼相望初無江湖凄凜之色所謂冬煖夏凉
者正盡其美哉謂泖是水死絶處故江左人目水之停
滀不湍者爲泖不知笠澤何獨從草必有所據也

穿雲裂石聲

東坡先生和崗字詩云一聲吹裂翠崖崗遂家藏公墨本詩後注云昔有善笛者能為穿雲裂石之聲别不用事也

月食詩指董秦乃二人

王川子月食詩官爵秦董恐指董偃秦宫也

徐氏父子俊偉

東坡帥杭日與徐璹全父坐雙檜堂公指二檜曰二疎辭漢去璹應聲云大老入周來公為擊節久之璹之子

端崇字崇之少時俊偉落筆千字有人得山谷道人清
江詞示之者崇之曰山谷當今作者所知漁父止此耶
或詩為賦援筆立就其末魯邦司寇陳義高三閭大夫
心徒勞相逢一笑無言說去宿蘆花又明月識者奇之
政和間余過禦兒訪其隱居坐定為余曰數夕頗為飛
蚊所擾夜不能寐因得一絶句云空堂夜合勢如雲溝
豎寧知過去身滿腹經營盡膏血那知通夕不眠人時
蔡京當國方引用小人布列要近賦外横斂以供花石

之費天下之民殆不聊生而無敢形言者崇之託以規
諷云

闗氏伯仲詩深妙

鐘聲互起東西寺燈火遥分逺近村此余友闗子東西
湖夜歸所作非身到西湖不知此語形容之妙也闗氏
詩律精深妍妙世守家法子東二兄子容子開皆稱作
者野艇歸時蒲葉雨繰車鳴處楝花風江南舊日經行
地盡在於今醉夢中又手官官小未朝參紅日半竿春

䣭酣為報鄰雞莫驚起且容歸夢到江南此子容詩也世傳以為東坡先生所作非也

雞人唱曉夢聯詩

建安郭周孚未第時夢人以詩一聯示之云雞人唱曉沉潜際漢殿傳聲彷彿間郭於夢中口占續之云自慶寒儒千載遇夢魂先得覲天顔繼於余中榜登甲科初與同袍伏闕以待唱第忽聞岧嶤閶有連聲長歌了不成詞調不覺問其旁坐有應之者曰此所謂雞人唱曉

也郭欣然悟前詩之先定後恬於仕進官至員郎所至
以清慎稱之

夢讀異詩

莫養正崇寧初在都下夢人持數詩相視內一篇語皆
剞劂不可解既醒獨憶兩聯云火輪方擊轂風劍已飛
鋩諸天妖魔擾救護世尊忙不知何謂也

熙陵奬拔郭贄

先友郭照為京東憲日嘗為先生言其曾大父中令公

贊初為布衣時肄業京師皇建院一日方與僧對奕外傳南衙大王至以太宗龍潛日嘗判開封府故有南衙之稱忘收棋局太宗從容問所與棋者僧以郭對太宗命名至郭不敢隱即前拜謁太宗見郭進趍詳雅襟度朴遠屬意再三因詢其行卷適有詩軸在案間即取以跪呈首篇有觀草書詩云高低草木芳爭發多少龍蛇眼未開太宗大加稱賞蓋有合聖意者即載以後乘歸府第命章聖出拜之不閲月而太宗登極遂以隨龍恩

命官爾後沓遇益隆不十數年位登公輔蓋與孟襄陽
賈長江不侔矣

顏幾聖索酒友詩

錢塘顏幾字幾聖俊偉不羈性復嗜酒無日不飲東坡
先生臨郡日適當秋賦幾於場中潛代一豪子劉生者
遂魁送舉子致訟下幾吏久不得飲密以一詩付獄吏
送外間酒友云龜不靈身禍有胎刀從林甫笑中來憂
惶囚繫二十日辜負醺酣三百盃病鶴雖甘低羽翼罷

龍尤欲望風雷諸豪俱是知心 友誰遣尊罍向北開吏
以呈坡坡因緩其獄至會赦得免後數年一日醉卧西
湖寺中起題壁間云白日尊中短青山枕上高不數日
而終

米元章遭遇

米元章為書學博士一日上幸後苑春物韶美儀衛嚴
整遽名芾至出烏絲欄一軸宣語曰知卿能大書為朕
竟此軸芾拜舞訖即綰袖舐筆伸卷神韵可觀大書二

十言以進曰目眩九光開雲蒸步起雷不知天近遠親見玉皇來上大喜錫賚甚渥又一日上與蔡京論書艮岳復名芾至令書一大屏顧左右宣取筆研而上指御案間端研使就用之芾書成即捧研跪請曰此研經賜臣芾濡染不堪復以進御取進止上大笑因以賜之芾蹈舞以謝即抱負趍出餘墨霑漬袍袖而喜見顔色上顧蔡京曰顛名不虚傳也京奏曰芾人品誠高所謂不可無一不可有二者也

何張遺句南金録

遷仲兄邈字子薦兒時嘗過僧居賦藏筠軒詩云不使翠分旁牖去却緣清甚畏人知踰冠而卒與友人張圖南伯鵬者俱寓居餘杭又姻家也伯鵬亦不幸早世伯鵬嘗與余分韵賦詩繼有一詩督余所作云坐中病競分明久驢上敲推兀未裁用事精穏如老作者惜乎造物者不少假之年以觀其所止也余嘗集二人遺句名之曰南金録且為之跋云方二人為童子時已有星心

月脇中語驚動老成逮其知學復觀其所以因財自勵期於至遠者亦若王良造父秣驥騄而問途是心豈在夫較縈策之妙於蟻封之間而已哉不幸短命百不一施所可表見於後獨此編耳覽者不以為過言

李媛步伍亭詩

遂兄子碩送客餘杭步伍亭就觀壁後得淡墨書字數行彷彿可辨筆迹適媚如出女手云夜臺夜復夜東山東復東當時九龍月今日白楊風後題云李媛書詳味

詩句似非世人所作亭後荒閑有數十塜疑塜間鬼憑
附而書不然好事者爲鬼語耳

漁父詩答范希文

闗子東云范希文嘗於江山見一漁父意其隱者也問
姓名不對留詩一絶而去獨記其兩句云十年江上無
人問兩手今朝一度叉

王林梅詩相類

王舒公嘗賦梅花詩云須裊黄金危欲墜蔕團紅蠟巧

能粧與林和靖所賦一聯極相似林云蕋訝粉綃裁太碎蔕凝紅蠟綴初乾或謂移林上句合王下句似為全勝

蘓黃秦書名有僻

東坡先生山谷道人秦太虛七丈每為人乞書酒酣筆倦坡則多作枯木拳石以塞人意山谷則書禪句秦七丈則書鬼詩余家收山谷所書禪句三十餘首有云牽驢飲江水鼻吹波浪起岸上蹄踏蹄水中嘴對嘴寺自

釣魚船上客偶除鬚鬢着袈裟佛祖位中留不住夜來
依舊宿蘆花此二詩人間計有數十百紙矣百花橋下
木蘭舟破月衝烟任意流金玉滿堂何所戀爭如年少
去來休又遙爾一氣散去託萬鬼隣四大不自保況復
滿堂親膏血汗厚土化作丘中塵空牀横白骨奄忽千
歲人泰七丈屢書此二詩余所藏大字小字各有二本

駡胥詩對

福唐張道人多與人言偈語人禍福如徐神公言法華

既過無不神驗者然亦時有戲劇警動小人者郡有胥魁其性剛悍素為郡人所惡偶以年勞出職既府謝而出躍馬還家道逢道人衝突而過既内不自安下馬挽張且求偈言張於茶肆取紙大書與之曰畜生騎畜生兩箇不相爭坐者只管坐行者只管行胥覽之大慙而退余兒時嘗聞魏處士隱居陝府有孔目官姓王者好為惡詩嘗至東郊舉示魏及言其精於屬對魏甚苦之而不能却也一日忽有數客訪魏而王至云某夜得一

聮似極難對能對者當輸一飯會衆請其句云籠牀不是籠牀蚊厨乃是籠牀方竊自稱竒而䰟即應聲曰我有對矣可以孔目不是孔目驢紂乃是孔目一座稱快王即拂袖而出終身不至草堂也葢小人僭妄不可堪忍雖大修行人與大雅君子箭在機上不得不發也

陸規七歲題詩

陸農師左丞之父少師公規生七歲不能言一日忽書壁間云昔年曾住海三山日月宫中數往還無事引他

天女笑謫來為吏向人間自此能言語後登進士第官至卿監壽八十而終

辨月中影

王荆公言月中彷彿有物乃山河影也至東坡先生亦有正如大圜鏡寫此山河影妄言桂兎蟇俗説皆可屏之句以二先生窮理盡性固當無可議者然尚有未盡解處今以半鏡懸照物像則全而見之月未滿則中之物像亦只半見何也

兔有雄雌

東坡先生云中秋月明則是秋必多兔野人或言兔無雄者望月而孕信斯言則木蘭詩云雌兔眼迷離雄兔脚撲握何也先生徑山詩有煖足惟撲握若雄兔在月則徑山正公又非得而煖足也

詩句七十二取義

玉臺詩入門時左顧但見雙鴛鴦鴛鴦七十二羅列自成行孟東野和薔薇歌仙機札札飛鳳凰花開七十有

二行不知皆用七十二取義何也

花色與香異

酒成碧淺方堪飲花到白來元自香此趙丈德麟賦玉簪花詩也歷數花品白而香者十花八九也香至於菊則花白者輒無香花之黄八九無香至於菊則黄者乃始有香是亦所稟之異未易以理推者也

後山評詩人

後山詩評云詩欲其好則不能好王介甫以工蘇子瞻

以新黃魯直以奇獨子美之詩奇常工易新陳無不好者至荆公之論則云杜詩固奇就其中擇之好句亦自有數豈後山以體製論荆公以言句求之耶

春渚紀聞卷七

欽定四庫全書

春渚紀聞卷八

宋　何薳　撰

雜書琴事 附墨說

辨廣陵散

廣陵散傳稱嵇中散受之神人至唐韓臯又從而爲之說云康製此曲緩其商絃與宫同音臣奪君之義知司馬氏有篡魏之心王陵毋丘儉諸人繼爲揚州都督咸

謀興復俱爲晉宣父子所殺揚州故廣陵地康避世禍託之鬼神以俟知音者云臯誠賞音者然初不詳考漢魏時揚州刺史治壽春廣陵自屬徐州至隋唐乃爲揚州耳又劉潛琴議稱杜夔妙於廣陵散嵇中散就其子猛求得此聲按夔在漢爲雅樂郎魏武平荆州得夔喜甚因令論製樂事在夔已妙此曲則慢商之聲似不因廣陵興復之舉不成而製曲明矣政和五年二月十五日烏戌小隱聽照曠道人彈此曲音節殊妙有以感動

坐人者或疑前後所傳之異因以所聞并記坐人所舉琴事參而書之

六琴説

爾雅大琴謂之離二十七弦舜彈五絃之琴而天下治堯加二弦以合君臣之恩蔡邕益之為九漢高祖入咸陽宮得銅琴十三弦銘之曰璠璵之樂馬明生仙遊見神女於玉几上彈一絃琴而五音具奏此六琴雖損益各有意義而世所共傳者七絃也余於是知法出乎堯者雖

亘千古而無弊非智巧之所能變易也

古琴品飾

秦漢之間所製琴品多飾以犀玉金彩故有瑶琴綠綺之號西京雜記趙后有琴名鳳凰皆用金隱起為龍鳳古賢列女之像嵇叔夜琴賦所謂錯以犀象藉以翠綠爰有龍鳳之像古人之形是也

古聲遺製

余謂古聲之存於器者唯琴音中時有一二不患其器

之樸拙使人援絃促軫想見太古自然之妙然後為勝近世百器惟新惟琴器略無華飾以最古蚹腹紋為奇至有縫張池拆而聲不散者亦不加完獨此有三代遺製云

叔夜有道之士

孔子既祥五日彈琴而不成聲言其哀心未忘也夫哀戚之小存於中則絃手犇然而不諧此理之必然者余觀嵇中散被譖就刑寃痛甚矣而叔夜乃更神色夷曠

援琴終曲重嘆廣陵之不傳此真所謂有道之士不以死生嬰懐者若彼中無所養則赴市之時神䰟荒擾呼天請命之不暇豈能愉心和氣雍容奏技如在暇豫時耶惜哉史氏不能逆彼心寄表示後人謂其拳拳於一曲失士多矣

明皇好惡

唐明皇雅好弹箏嘗令待詔鼔琴未終曲而遣之急令呼寧王取一箏來為我解穢噫箏世俗樂也琴治世之音

也以治世之音為穢而欲以荒蔓窐淫之奏除之何明皇耽惑錯亂如此之甚正如棄張曲江忠鯁先見之言而狎寵祿山賊媚悅己之奉天寶之禍國祚再造者實出幸矣

蔡嵇琴賦

蔡中郎琴賦云左手抑揚右手徘徊指掌反覆抑按藏摧嵇叔夜亦云徘徊顧慕擁鬱抑按盤桓毓養從容祕玩人知藏摧毓養四字之妙雖試手調絃已勝人常人

十年上用

擊琴

宋柳惲嘗賦詩未就以筆插琴客有以筯和之惲驚其哀韻乃製為雅音後傳擊琴蓋自惲始近世不復傳此正恐失古人摶拊之意流入箏筑耳

有道

褚彦回常聚袁粲舍初秋涼夕風月甚美彦回援琴奏別鵠之曲宫商既調風神諧暢王彧謝莊並在粲坐撫

節而嘆曰以無累之神合有道之器宫商斃離不可得
已彦回風流和韻施之讌間固是佳士若當艱危之際
以一家物與一家亦痛其須髯如棘無丈夫意氣耳

聞弦賞音

蕭思話領右衛軍嘗從宋武登鍾山北嶺中道有磐石
清泉宋武使於石上彈琴因賜以銀鍾酒謂之曰賞卿
有松石間高意余謂促軫動操超然有高山遠水之思
者固不乏人而聞弦賞音最為難遇此伯牙所以絶弦

於鍾期之死也

琴趣

鳴弦傳云要先有鈎深致遠之懷不規規於絃手之間期較工拙便為造微入妙如孫登彈弦頽然自得風神超邁若遊六合之外者桓大司馬謝祖仁於北牖下彈琵琶自有天際意此為得之

焦尾

搜神記載吴人有以枯桐為爨者蔡伯喈聞其爆聲知

其為良桐請於主人削之為琴果有殊聲而焼痕不盡
因名之焦尾後人遂傚之如林宗折巾飛燕啼花皆以
醜為妍也

雷琴四田八日

東坡先生書琴事云家有雷琴破之中有八日合之語
不曉其何謂也先生非不解者表出之以令後人思之
耳蓋古雷字從四田四田拆之是為八日也

記墨

烟香自有龍麝氣

西洛王迪隱君子也其墨法止用遠烟鹿膠二物銳澤出陳贍之右文潞公嘗從迪求墨久之持烟一奩見公且請以指按烟指起烟亦隨起曰此烟之最輕遠者乃抄烟以湯瀹起揖公對啜云當自有龍麝氣真烟香也凡墨入龍麝皆奪烟香而引蒸濕反為墨病俗子不知也

陳贍傳異人膠法

陳贍真定人初造墨遇異人傳和膠法因就山中古松取煤其用膠雖不及常和沈珪而置之濕潤初不蒸則此其妙處也又受異人之教每斤止售半千價雖廉而利常贏餘余嘗以萬錢就贍取墨適非造墨時因返金而以斷裂不完者二十笏為寄曰此因膠緊所致非深於墨不敢為獻也試之果出常製之右余寳而用之并就真定公庫轉置得百笏自謂終身享之不盡兵馬南渡一埽無餘繼訪好事所藏蓋一二見也緣贍在宣和

閒已自貴重斤直五萬比其身在蓋百倍矣贍死壻董仲淵因其法而加膠墨尤堅緻恨其即死流傳不多也董後有張順亦贍壻而所製不及淵亦失贍法云

潘谷墨仙揣囊知墨

潘谷賣墨都下元祐初余為童子侍先君居武學直舍中谷嘗至負墨篋而酣詠自若每笏止取百錢或就而乞探篋取斷碎者與之不吝也其用膠不過五兩之制亦遇濕不敗後傳谷醉飲郊外經日不歸家人求之坐

於枯井而死體背柔軟疑其解化也東坡先生嘗贈之詩有一朝入海尋李白空看人間畫墨仙之句蓋言其為墨隱也山谷道人云潘生一日過余取所藏墨示之谷隔錦囊揣之曰此李承宴軟劑今不易得又揣一曰此谷二十年造者今精力不及無此墨也取視果然其小握子墨醫者云可入藥用亦藉其真氣之力也

漆烟對膠

沈珪嘉禾人初因販繒往來黄山有教之為墨者以意

用膠一出便有聲稱後又出意取古松煤雜用脂漆滓燒之得烟極精黑名為漆烟每云韋仲將法止用五兩之膠至李氏渡江始用對膠而秘不傳為可恨一日與張處厚於居彥實家造墨而出灰池失早墨皆斷裂彥實以所用墨料精佳惜不忍棄遂蒸浸以出故膠再以新膠和之墨成其堅如玉石因悟對膠法每視烟料而煎膠膠成和煤無一滴多寡也故其墨銘云沈珪對膠十年如石一點如漆者此最佳者也余識之蓋二十年

矣其為人有信義前後為余製墨計數百笏庚子寇亂
余避地嘉禾復與珪連牆而居日為余言膠法并觀其
手製雖得其大槩至微妙處雖其子宴亦不能傳也珪
年七十餘終宴先珪卒其法遂絶有持張孜墨較珪漆
烟而勝者珪曰此非敵也乃取中光減膠一丸與孜墨
並而孜墨反出其下遠甚余扣之曰廷珪對膠於百年
外方見勝妙蓋雖精烟膠多則色為膠所蔽逮年遠膠
力漸退而墨色始見耳若孜墨急於目前之售故用膠

不多而烟墨不眛若歲久膠盡則脫然無光如土炭耳
孜墨用宜西北若入二浙一遇梅潤則敗矣滕令撮監
嘉禾酒時延致珪甚厚令盡其藝旣成即小丸摩試而
忽失所在後二年濬池得之其堅緻如故令撮莊敏公
之子所蓄古墨至多而有鑒裁因謂珪曰幸多自愛雖
二李復生亦不能遠過也

洙泗之珍

東魯陳相作方珪様銘之曰洙泗之珍佳墨也

二李膠法

紫玠國初時人得二李膠法出潘張之上其作玉梭樣

銘曰紫玠東窰者士大夫得之蓋金玉比也

都下墨工

崇寧已來都下墨工如張孜陳昱闞珪弟瑱郭遇明皆

有聲稱而精於樣製

買烟印號

黄山張處厚高景脩皆起竈作煤製墨為世業其用遠

烟魚膠所製佳者不減沈珪常和沈珪江通輩或不自
入山亦多即就二人買烟令渠用膠止各用印號耳

軟劑出光墨

九華朱觀亦善用膠作軟劑出光墨莊敏滕公作郡日
令其子製銘曰愛山堂造者最佳子聰不逮其父

紫霄峰墨

大室常和其墨精緻與其人已見東坡先生所書極善
用膠余嘗就和得數餅銘曰紫霄峰造者歲久磨處真

可截紙子遇不為五百年後名而減膠售俗如江南徐熙作落墨花而子崇嗣取悅俗眼而作沒骨花敗其家法也

南海松煤

近世士人遊戲翰墨因其資地高韻創意出奇如晉韋仲將宋張永所製者故自不少然不皆手製加減指授善工而為之耳如東坡先生在儋耳令潘衡所造銘曰海南松煤東坡法墨者是也其法或云每笏用金花烟

脂數餅故墨色艷發勝用丹砂也

藕浩然斷金碎玉

支離居士藕澥浩然所製皆作松紋皴皮而堅緻如玉石余與其孫之南字仲容遊其家所藏不過數笏而余於李漢臣丈得半笏持視仲容云真家寶也神廟朝高麗人入貢奏乞浩然墨詔取其家浩然止以十笏進呈其自珍秘蓋如此世人有獲其寸許者如斷金碎玉乃爭相誇玩云大觀閒劉無言取其製銘令沈珪作數百

丸以遺好事及當朝貴人故今人所藏未必皆出浩然手製珪作此墨亦非近世之墨工可及實可亂真也

寄寂堂墨如犀璧

晁季一生無他嗜獨見墨丸喜動眉宇其所製銘曰晁季一寄寂軒造者不減潘陳賀方回張秉道康為章皆能精究和膠之法其製皆如犀璧也

精烟義墨

余嘗於章序臣家見一墨背列李承宴李惟益張谷潘

谷四人名氏序臣云是王量提學所製患無佳墨取四
家斷碎者再和膠成之自謂勝絶此其見遺者因謂序
臣曰此亦好奇之過也余聞之製墨之妙正在和膠今
之造佳墨者非不擇精烟而不能佳絶者膠法謬也如
不善為文而取五經之語以已意合而成章望其高古
終不能佳也序臣又曰東坡先生亦嘗欲為雪堂義墨
何也余曰東坡蓋欲與衆共之而患其高下不一耳非
所謂集衆美以為善也

唐高宗鎮庫墨

近於内省任道源家見數種古墨皆生平未見多出御府所賜其家高者有唐高宗時鎮庫墨一笏重二斤許質堅如玉石銘曰永徽二年鎮庫墨而不著墨工名氏

十三家墨

余為兒時於彭門冦鈞國家見其先世所藏李廷珪下至潘谷十三家墨斷珪殘璧爛然滿目其廷珪小挺歲久不見膠彩而書於紙間視之其墨皆非餘墨所及東

坡先生臨郡日取試之為書杜詩十三篇各於篇下書墨工姓名因第其品次云

墨工製名多蹈襲

墨工製名多相蹈襲其偶然耶亦好事者兾其精藝追配前人故以重名之也南唐李廷珪子承宴今有沈珪珪子宴又有關珪國初張遇後有常遇和之子又有潘遇谷之子黟川布衣張谷所製得李氏法而世不多有同時有潘谷又永嘉葉谷作油烟與潭州胡景純相上

下而膠法不及陳贍之後又有梅贍云歟德真江南人
所製精者不減沈珪惜其早死藏墨之家不多見也
雜取樺烟
三衢蔡瑫𨿽家世造墨而取烟和膠皆出衆工之下其
煤或雜取樺烟為之只取利目前也
油松烟相半則經久
近世所用蒲大韶墨蓋油烟墨也後見續仲永言紹興
初同中貴鄭幾仁撫諭少師吳玠於仙人關回舟自涪

陵來大韶儒服手刺就船來謁因問油烟墨何得如是之堅久也大韶云亦半以松烟和之不爾則不得經久也

墨磨人

一日謁章季子於富春之法門寺出廷珪墨半笏為示初不見膠彩云是其大父申公所藏者其墨匣亦作半笏樣規製古朴是百餘年物東坡先生所謂非人磨墨墨磨人者不虛語也

桐華烟如點漆

潭州胡景純專取桐油燒烟名桐花烟其製甚堅薄不為外飾以眩俗眼大者不過數寸小者圓如錢大每磨研間其光可鑑畫工寶之以點目瞳子如點漆云

廷珪四和墨

余偶與曾純父論李氏對膠法因語及嘉禾沈珪與居彥實造墨再和之妙純父曰頃於相州韓家見廷珪一墨曰臣廷珪四和墨則知對膠之法寓於此也

唐水部李慥製墨

王景源使君所寶古墨一笏葢其先待制公所藏者背銘曰唐水部員外郎李慥製云諸李之祖也黎介然一見求以所用端石研易之景源久之方與後攜研至行朝有貴人欲以五萬錢易研景源竟惜不與也

春渚紀聞卷八

欽定四庫全書

春渚紀聞卷九

宋 何薳 撰

記研

端溪龍香硯

臨汝史君黄莘任道所寶龍香硯端溪石也史君與其父孝綽字逸老皆以能書名故文房所蓄多臻妙美硯深紫色古斗様每貯水磨濡久之則香氣襲人如龍腦

者云先代御府中物任道既終其子材納之壙中

歙山斗星研

歙之大姓汪氏一夕山居漲水暴至遷寓莊户之廬莊户硯工也夜有光起於支牀之石異而取之使琢為硯石色正天碧細羅文中涵金星七布列如斗宿狀輔星在焉因目之為斗星研汪自是家道饒益懼為惡人所奪秘不語人每為周旋人一出必焚香再拜而視之方臘之亂亡之矣僧謙云

龍尾溪月硯

三衢徐氏所寶龍尾溪石近貯水處有圓暈幾寸許正如一月狀其色明暗隨月虧盈是亦異矣余母舅祝君子與之姻家數見之今不知所在

玉蟾蜍研

吳興余拂居厚家所寶玉蟾蜍研其廣四寸而長幾倍中受墨處獨不出光云是南唐御府中物余與許師聖崇寧間過余氏借觀時君厚母喪在殯正懷研柩側已

而聞袖中嘖然有聲視之蜍腦中裂如絲蓋觸尸氣所致也

端溪紫蟾蜍研

紫蟾蜍端溪石也無眼正紫色腹有古篆玉溪生山房五字藏於吴興陶定安世家云是李義山遺研其腹疵垢直數百年物也其蓋有東坡小楷書銘云蟾蜍爬沙到月窟隱避光明入岩骨琢磨黝頳出尤物雕龍淵懿傾澥渤安世屢欲易余東坡醉草未許而以拱璧易向

叔堅即以進御世人不復見也

丁晉公石子硯

黄叔幾為余言丁晉公好蓄瑰異寕衡之日除其周旋為端守屬求佳研其人至郡前後所獻幾數百枚皆未滿公意一日硯工見有飛鷺翹駐潭心意非立鷺之所因令没人視之見下有圓石大如米斛塊處潭中似可挽取疑其有異即以白守集漁户維舟出之石既登岸轉側之若有涵水聲研工視之賀曰此必有寳石藏中

所謂石子者是也相傳天産至珎滋蔭此潭以孕崖石散為文字之祥今日見之矣即叢手攻剖果得一石於泓水中大如鸞卵色紫玉也中剖之為二研亟送其一公得之喜甚報書云研應有二何為留一自奉得無效雷豐城之留莫邪否此非終合之物也守曰天下至寶不可萃於一家以啟人貪心託以解職後面獻而公以檀移陵寢事籍其家矣而研不知所在

金龍硯

余友何持之滕莊敏之甥所蓄瑰異多外舅故物而有
賞鑒為余言其親黨氏有先為端州者得二岩石硯璞
藏之再世矣後其孫於京師得鐵鏡背銘高古有道人
請為磨治云須得美石有鋒刃而不劇如端溪石者發
其光彩則盡善矣因以一璞付之鏡湖以歸曰是非尤
物研璞殆希世之珍非與我百千不能賞余精識研璞
之珍也其孫驚異許之而持璞去三日來示曰使公見
其梗槩也細視之則石面脈理深青色盤絡如栢枝狀

漫不曉其為何等物也道人索酒引滿大笑復持璞去曰後十日可賀請宿備所賞之直吾將遠湖海不能待也及期出硯硯正圓中經七八寸渾厚無眼於馬肝色中盤一金色龍頭角爪尾粲然畢具會有知者即以進御或言禁中先已有一研矣

呂老煅硯

高平呂老造墨常山遇異人傳燒金訣煅出視之瓦礫也有教之為研者研成堅潤宜墨光溢如漆每硯首必

有一白書吕字為誌吕老旣死法不授子而湯陰人盜其名而為之甚衆持至京師每硯不滿百錢之直至吕老所遺好奇之士有以十萬錢購一硯不可得者研出於陶而以金鐵物劃之不入為真余兄子碩所獲而作玉壺樣者尤為奇物余嘗為之銘曰真仙戲幻其璞顧彼瓴甓為有懋德範而為研以極其妙則金𤬪幾於同價

澄泥研

悟靖處士王衷天誘所藏澄泥硯正紫色而堅澤如端溪石扣之鏗然有聲以金鐵劃之了無痕釁或疑是澤州呂老所作而研首無呂字其製巧妙非俗士所能為天誘云米元章見之名孫真人研是非故無所稽考自是一種佳物也

銅雀臺瓦

相州魏武故都所築銅雀臺其瓦初用鉛丹雜胡桃油擣冶火之取其不滲雨過即乾耳後人於其故基掘地

得之鑱以為研雖易得墨而終乏溫潤好事者但取其
高古也下有金錫文為真每硯成受水處常恐為沙粒
所隔去之則便成沙眼至難得平瑩者蓋初無意為研
而不加澄濾如後來呂硯所製也章序臣得之屬余為
詩將刻其後云阿瞞恃姦雄挾漢令天下惜時無英豪
磔裂異肩髁終令盗坏土埏作三臺瓦雖云當塗高會
有食槽馬人愚瓦何罪淪蟄翳梧檟錫花封雨苔鴛彩
晦雲鏤當時丹油法實非謀諸野因之好奇士探琢助

揮寫歸參端歙材堅澤未渠亞章侯捐百金訪穫從吾
詫興亡何復論徒足增怨罵但嗟瓦礫微亦以材用捨
徒令鑱鑱餘當擅瓌瑰價士患德不備不憂老田舍

南皮二臺遺瓦研

魏武都鄴築三臺以居銅雀其一也最為壯麗後世耕
者得其瓦於地中好事者斵以為研號為奇古歐陽文
忠公嘗得於謝景山作歌以酬之者是也魏武既破袁
紹於冀州紹死逐其子譚於南皮築臺以候望其軍而

名曰袁候臺魏文帝與吳質從容遊集於南皮亦築臺
以居名讌友至今南皮有二臺故址在焉人有得其遺
瓦形製哆大擊之鏗然有聲吾之子遂取其斷缺者規
以為研其堅與鐵石競屢敗工斷之具僅能穴之而特
潤緻發墨可用知昔人創物制器雖甚微者皆所不苟
非若後世之簡陋也此先君所序而遂銘之曰方峥嵘
煥奕於一時之盛兮詎知夫隆棟必傾而華榱終折洎
毀擲埋委於千載之下兮孰期乎澡澤薦藉而參夫文

之而銘之曰鑄金為瓠提攜顛倒持指之宜發於隱奥寒暑燥濕不改其操君子寳之庶幾允蹈

古斗樣鐵護研

余兄宗勝所用鐵護研端溪石正紫色無眼古斗樣温潤如玉為滌者墮地鈌其受水處慨惜之餘乃取以漆固而鐵護其外中固無傷也遂銘之曰在䓁馬宫形則虧矣胸中之書振耀百世

吳興許採五硯

吴興許採字師正字畫規模鍾司徒殆窺其妙自為兒
時已有研癖所藏具四方名品幾至百枚猶求取不已
常言吾死則以硯甃壙無遺恨矣最佳者得蔡君謨所
寶端溪研一圓厚寸餘中可徑尺色正青紫緣有一眼
才如箸大名之景星助月又得二石一以分余玉堂樣
色紺青類洮河石面有十數暈金翠周間與孔雀毛間
金花正相類甚宜墨而不知石所從出又一端石古斗
樣長尺餘馬肝色下有王禹玉丞相書玉堂舊物四字

又圓研下岩石有二碧眼中極窪下温潤發墨師正常所用者莫養正為之銘曰圓如月窪如尊勿謂其琢削不巧勿謂其椎魯無文即而視之其中甚温又一端石玉堂樣者授余深紫色無眼余命之曰端友且為之銘云君子取友必端子有韞玉之美復具眼而知默祈漸摩以窮年為子之三益也

趙水曹書畫八硯

水曹趙竦子立文章翰墨皆見重於前輩遂先博士為

徐州學官日趙獻狀開鑿呂梁百步之嶮置局城下最為周旋其重定華夏圖方一尺有半字如蠅頭而體製精楷蘊州張珙妙於刋鑱三年而後成甚自秘惜不易以與人與其所獲丁晉公家王右軍小楷樂毅論櫝藏自隨得之者以為珍玩先子所得才三四數也其所用硯端石長尺餘潤七八寸温潤宜墨云端石若此大者至艱得求之十年而後獲上下界為八硯云性懶滌硯又不奈宿墨滯筆日用一硯八日而周始一濯之則常

用新硯矣故名八面受敵云

趙安定提研製

硯譜稱唐人最重端溪石每得一佳石必梳而爲數板用精鐵爲周郭青州人作此至有名家者歷代寶余於崇寧間見安定郡王趙德麟大所用一枚作提研製絡興四年復拜公于錢塘湧金門賜第出研案間云生平玩好盡喪盜手而此研常所受用復外樣拙貪者不取得周旋至今余亦撫之悵然也近章伯深偶於錢塘鐵

肆中得一枚絶與趙類而非是也求易余東坡所畫鵲竹而得之工製堅密今人不能為也

龍尾溪研不畏塵垢

涵星研龍尾溪石風字樣下有二足琢之甚薄先博士君得之於外姪黄材成伯黄以嗜研求為婺源簿既至顧視一老硯工甚至秩滿而研工餞之百里探懷出此研為贐且言明府三年之久所收無此研也黄始責其不誠工云凡臨縣者孰不欲得佳研每研必得珍石則

龍尾溪當泓為鯨海不給也此石歲採不過十數幸善
護之然研如常研無甚佳者但用之至灰埃垢積經月
不滌而磨墨如新此為勝絕耳先子性率不耐勤滌得
此用之終身云莫養正為之銘曰膚寸之珍雲蒸霧出
小而有容如摩詰室老何肺腸與之為一季子受之周
旋勿失

鄭魁銘研詩

永嘉林叔睿所藏端石馬蹄樣深紫色厚寸許面徑七

八寸下有鄭魁銘詩隷字甚奇云仙翁種玉芝耕得紫玻璃磨出海鯨血鑿成天馬蹄潤應通月窟洗合就雲溪常恐魍魎奪山行亦自攜硯之妙美盡於銘詩而末句所寄旨哉

李端叔銘僧研

比丘了能蓄端研古斗樣青紫色有二眼碧暈活潤背有李端叔銘云踏碓是向上機不識字是第一義遂乃傳子傳孫至今為祥為瑞有美了能比丘人上長出一

頭各字半露消息伎倆非闘思修發明前身不識字後
身湧出江河流墨可游一能兩身具眼者識李丈家集
遺此銘故録之

躍魚見水石中

徐州護戎陳臯供奉行田閒遇開墓者得瑪瑙盂圓淨
無雕鏤紋盂中容二合許疑古酒卮也陳用以貯水注
硯因閒硯之中有一鯽長寸許遊泳可愛意為偶汲於
水得之不以為異也後或疑之取置缶中盡出餘水驗

之魚不復見復酌水滿中須臾一魚泛然而起以手取
之終無形體可拘復不可知為何寶也余視之數矣時
水曹趙子立被旨開鑿呂梁之嶮辟陳督役目覩斯異
因言其項在都下偶以百錢於相國寺市得一異石將
為紙鎮遇一玉工求以錢二萬易之趙不與玉工歎息
數四曰此寶非余不能精辨餘人一錢不直也持歸𥀇
年了無他異其季子康不直工言以斧破視之中有泓
水一鯽躍出撥刺于地急取之亡矣是亦斯盂之類也

余又記虜庭雜記所載晉出帝既遷黄龍府虜主新立名與相見帝因以金盌魚盆為獻金盌半猶是磁云是唐明皇令道士葉法静治化金藥成點磁盆試之者魚盆則一木素盆也方圓二尺中有木紋成二魚狀鱗鬛畢具長五寸許若貯水用則雙魚隱然湧起頃之遂成真魚覆水則宛然木紋之魚也至今句容人鑄銅為洗名雙魚者用其遺製也

銅蟾自滴

古銅蟾蜍章申公研滴也每注水滿中置蜍研仄不假人力而蜍口出泡泡殞則滴水入研已而復吐腹空而止米元章見而甚異之求以古書博易申公不許後失之或見之寶晉齋申公之孫伯深云

雷斧研銘

余經雲川偶得數雷斧於耕夫雖小大不等而體皆如玉因擇其厚者窪而為研膚理鋭澤取墨磨研而墨光可鑒但恨其大而薄者不容窪治則以鐵為周郭如青

州提研所製亦几案間一尤物也因銘之曰石化殞星龍雨刀槊是從震霆散墜風雹形實斧也其質玉璧寔而為硯以資銳澤與翰墨而周旋誅姦訣之死鬼

春渚紀聞卷九

欽定四庫全書

春渚紀聞卷十

宋　何薳　撰

記丹藥

序丹竈

丹竈之事士大夫與山林學道之人喜於談訪者蓋七八也然不知皆是仙藥丹頭也自三茅君以丹陽歲歉死者盈道因取丹頭點銀為金化鐵為銀以救饑人故

後人以煅粉點銅名其法曰丹陽以死砒點銅者名其法曰點節亦有取丹頭初轉伏朱以養黄死硇以乾汞如漢之王陽婁敬唐之成弼近世王捷成鴉嘴金以助國用者不可謂世無此法也但得之者真龜毛兔角而為之致禍者十八九也如東坡先生楊元素内相皆密受真訣知而不為者章申公黄八座道夫皆訪求畢世費資鉅萬而了無一遇者

鳳翔僧煅朱鎔金

東坡先生初官鳳翔日遇一老僧謂之曰我有煆法欲以相授幸少憩我廬也坡語僧曰聞之太守陳公嘗求而不與我固無欲乃以見授何也僧曰我自度老死無日而法當傳人然為之者多因致禍非公無可授者但勿妄傳貪人耳後陳公知坡得之懇求甚力度不可不與陳得而為之不久果敗官而歸其法以一藥煆朱取金之不足色者隨其數每一分入煆朱一錢與金俱鎔既出坯則朱不耗折而金色十分耳頴濵遺老亦詳記

之龍川錄云

居四郎伏硃煅丹砂

密院編修居世英之父居四郎者少遇異人得煅朱法其法取辰錦顆塊砂不計多少以一藥鋪蓋煅之朱已伏火即日用炭火二兩空養不論歲月要用即取水銀與足色金對母結成母砂子取朱細研以津調勻塗砂毬上熾炭十斤籠砂煅之俟火半紫焰起去火出寶淬梅水中則俱成紫磨金不再坯溶便可製器用也而老

居未嘗對人言亦未輒用一錢也臨終呼世英語之曰
我之煅法世唯韓魏公矣非魏公德業之厚餘人不
可授也我亦不當授汝汝分中合得後自當有授汝者
然亦素知我有此法必費妄求訪以盡資用因語數法
皆不能成寶世謂藝法者授之并語目覩數人緣此而
致禍者以戒之
瓢内出汞成寶
承議郎賀致中為余言任德翁之猶子嘗隨德翁入都

艤舟相國寺橋遇一道人邀坐茶肆手出小藥瓢云吾視官人葢留心丹竈有年而未有所得者今能施我百錢當以此瓢為贈夜以水銀一兩投中翌早收取二兩乾銀也任意謂必無此理然亦不能違其請傾篋得百錢與之紬瓢而歸夜取汞試納瓢中置之枕間次夕醉中探手撼瓢則其聲蕫蕫然汞如故也置之不復視一日徳翁須汞為用任欣然取器分取既傾器中則堅凝成寶矣入火烹煉了無耗折自此夕注晨取無不成寶

若蓋真仙丹藥所製汞感丹氣自然凝結但不知出瓢始凝之理向使在瓢即堅則破瓢而取止於一作而已此亦真仙神化無方非塵凡之可理度者任無妻孥之累資用素窮既日獲一星之利於是厚為已奉不踰年一病而卒瓢亦隨失之也

丹陽化銅

薛駝蘭陵人嘗受異人煅砒粉法是名丹陽者余嘗從惟湛師訪之因請其藥取藥帖抄二錢七相語曰此我

一月養道食料也此可化銅二兩為爛銀若就市貨之煆工皆知我銀可再入銅二錢比常直每兩必加二百付我也其藥正白而加光瓅取棗肉為圓俟溶銅汁成即投藥甘鍋中須臾銅汁惡類如鐵屎者膠着鍋面以消石攪之傾槽中真是爛銀雖經百火柔軟不變也此余所躬親試而不誣者後亦許傳法而賊亂不知所在矣

煆消愈疾制汞

姑蘓查先生得煆消石法章申公與之為莫逆而法不
傳也嘗遇一病僧而憫之取消作盂令日煎水飲之服
之月餘病良已僧有周旋過而詢其由以飲煎水為言
是僧素知查術曰此伏消所成也當取汞置盂中就火
試之果致汞死僧更以為希世之遇即往禮謝再三且
語其盂之異復懇求其法查曰法固未易傳而前盂用
力將竭可攜來為公加藥為之也僧取盂授查即碎盂
別鎔門臨大河俟消成汁即鉗投水中曰我初但欲起

師之疾不意無厭至此也僧懊恨而歸

點銅成金

法空首座無相師霅川人與余為姻家待制公沈純誠之季也一舉不第遂祝髮以求出世法間亦留心煅事嘗於焦山與僧法全語及點化而全云我術正是點節耳空曰出家兒豈當更學此若一有彰敗則所喪多矣全曰我法異此止以一藥點銅為金而所患制銅無法於骨董袋中攜行忒為人所窺爾因出一紙裹視空質

溪沙也而加重且抄數錢乜令空烹之通夕不能成汁呼全訊之全笑曰人得此視之溪砂也豈知實銅耶復取白藥少許投之砂始融化出火視之真金也空拜禮稱賛云目所未見也復曰加延款且請其術全曰我不惜術但我有前誓且恐起貪人妄費之心反致奇禍實無益於人也請為師言其自也我年二十無家為道人同侶三人共學丹竈歷年無成因紹聖元年七月十五日相語曰我輩所學遊訪未遠今當各散行以十年為

期却以此月此日會於此地道人無累是日不至即道死矣遂舉酒為約三人者散往川陜京洛間我即留二浙轉首之間忽復至期出豐樂橋三人者次第俱集相待歡甚劇飲數日各出所得方訣參較之內一節法差似簡易即試為之而銅色不盡一人曰我於成都藥市遇一至人得去暈藥彼云奇甚而我未試也因取同烹而色益黄意謂藥少未至增藥再烹及出坯中則真金矣更相驚喜袖市肆中云良金也衆復相與謀曰嘗聞

京師鑾家金肆為天下第一若往彼市之無疑則真仙
秘術也復被而行至都以十兩就市鑾氏取其家金較
之則體柔而加紫焰即得高直以歸時共寓相國寺東
客邸中復相慶曰我輩窮訪半生今幸遇此可以安心
養道矣萬一未能免俗則飲酒食肉可畢此生今當共
作百兩分以為別即市半邊宮醞大嚼酣飲而烹銅不
廣銅汁濺發火延于屋風勢暴烈不可救撲火馬四至
三人者醉甚而我獨微醒徑破烟焰從稠人中脫命而

出懼有捕者素善泅即投汴水順流而下度過國門下鎖始敢登岸方在水中即悔過祈天且誓為僧及不復再作或遇幹大緣事不能成就當啟天為之不敢毫髮為已用也況敢傳人乎若首座有未了緣事可與衆集福者我當分藥點治雖百兩不靳也空旣聆其說亦不敢深逼之一旦不告而去後不知所在其徒三人二人醉甚不支焚死一人就捕授杖亦數日而卒

草制汞鐵皆成金

朝奉郎劉均國言侍其父吏部公罷官成都行李中水銀一篋偶過溪渡篋塞遽脱急求不獲即攬取渡傍叢草塞之而渡至都久之偶欲汞用傾之不復出而斤重如故也破篋視之盡成黄金矣本朝太宗征澤潞時軍士於澤中鎌取馬草晚歸鎌刀透成金色或以草燃釜底亦成黄金焉又臨安僧法堅言有歙客經於潛山中見一蛇其腹漲甚蜿蜒草中徐遇一草便嚙破以腹就磨頃之漲消如故蛇去客念此草必消漲毒之藥取至

篋中夜宿旅邸鄰房有過人方呻吟牀笫間客就訊之云正為腹漲所苦即取藥就釜煎一盃湯飲之頃之不復聞聲意謂良已至曉但聞鄰房滴水聲呼其人不復應即起燭燈視之則其人血肉俱化為水獨遺骸卧牀急挐裝而逃至明客邸主人視之了不測其何為至此及滌釜炊飯則釜通體成金乃密瘞其骸既久經赦客至邸共語其事方傳外人也

緣製

嘉禾墨工沈珪言其賣墨廬山過僧了希語及丹竈夜
宿其廬希探篋取一藥示沈王琥珀色稱取二錢重用
水銀一兩同入鐵銚中以盞覆之置火上頃之作嬰兒
聲即開視以稱稱之并藥成一兩二錢黄金矣希言此
是死硫也又言臨安一山寺前有翁媪市餅餌為給而
寺有僧日出坐其肆凡二十年察其翁媪日用無過費
而純質如一一日密語之曰我有乾汞法未嘗語人念
爾翁媪甘貧於井市且老矣可坐受安逸翁媪即謝而

受其方并面乾汞示之數日翁媪復携餅餌造僧房見僧云誠謝老師見惠秘方以休養二老然老夫婦亦自有一薄術自謂不作不食不敢安享甘心餅肆以畢餘生也乃出藥於僧前取汞摻製即成黄金矣老僧慙恧禮謝翁媪云吾二十年與神仙俱而不知真凡骨也翁媪既歸明日僧出訪之則空室矣

市藥即乾汞

朝奉郎軍器監丞徐建常余姊丈也建安人其父宣義

公故農家子後以市藥為生性好施惠遇人有急難如在己也貧乏求濟傾資與之不吝焉暇日乘舟至郡與一道士同載如舊相識道士從容謂公曰子有陰德我所秘乾汞法當以授子可廣所施也即疏方示公并令公市藥與汞取汞置鐵銚中以藥少許糝上復以器覆之置火上須臾聞銚中嬰兒聲即揭起示之汞已枯矣公徐取汞并以所示方裹之以謝道士曰我之薄施未足及物要當竭力所致為之此不顧為也天或下憫我

未有子倘遺吾得一起家之子是吾願也即投汞與方潭水中道士笑謝曰我非所及也是歲建常生至年十四始令從其姊丈陳庸謡讀書且囑之曰吾待汝十年遊學若至期不第即還代我掌藥肆也建常十八歲考中上舍高等二十四果於李常寧榜中登科如公約也

藥庬成金

李樞公慎副車李瑋之曾孫云其季公雄帥秘藏王先生手化金庬遇好事常出而示之且言初長主名捷至

為設酒謂之曰聞先生能化金可得一見否捷曰此亦戲劇耳時坐爐側捷令取新瓦一片手段之取所酹酒盃置湯鼎上投瓦其中抄少藥糝上復注湯滿盃酒散湯已耗半取瓦視之則兩角浸湯處皆成紫磨金而一角元是新瓦也又餘杭陳祖德云嘗見呂吉甫家藏婁敬所化藥金重三十兩元是片瓦而布紋仍在也

變鐵器為金

閤門宣事陳安正云其姻家劉朝請者在鎮江常延顧

一道人臨行借取案閒鐵銚云欲道中煖酒用既與之數日其子相遇泗上道人以紙數重封銚還劉囑曰慎勿遺墜至家呈其尊因大笑曰銚不直百錢何用見還又封護如此其勤也即置之閒處一日取銚作糊既滌濯之視銚柄有五指痕反轉握處皆成紫金色驚歎累日傳玩親友無不歎賞者蓋是其真氣所化也

余生平以淹洽駿敏心所欽下者惟沈虎臣家有異篇得恣繙借拓我見聞者亦惟虎臣此帙

為宋浦城何遂著虎臣鐵架所副言自野駝飲
水巳上錄自名舊墨記巳下雯從秘本鈔補中
雖知有遺脱不妨作半壁寶藏也加以句抹字
竄朱墨狼籍質訂不翅再三而余從埽塵之後
雯得一將敝帚至於故闕難通寧兩置以竢佳
本其書所載多神僊藝術耳目外事而事每及
於杭茗就李以其作烏墩寓公耳他如瑩中兩
言姚麟置對及徐仁旺山前後之争周正夫人

君所論只一宰相諸條皆於後來大有警省不
可謂稗雜黄聽也寀遂父去非曾為東坡表薦
為武學教授復為奏充太學博士後左調教授
徐州雯請補一館職不報且言其筆勢雄健得
秦漢風力不肯苟合於時公卿莫為推轂則遂
之撰著亦庶乎不媿父風矣海鹽姚士麟
江南藏書家指不易屈姚叔祥謂沈虎臣多蓄
隱異遂抽伊架上何薳春渚紀聞與陳眥公梓

入秘笈亦知有脱遺余今喜得全本凡十卷亟
公同好据云野駝飲水已上錄自名舊家今按
此止五卷其中劉仲甫國手蔡魚菜齋僧李朱
畫三則或失一葉或失五行後又補記墨二十
三則凡東坡事實詩詞事略及琴研丹藥種種
失載故云所載多神仙耳目外事豈知紙窗竹
屋間珍玩一一具在然半壁亦能寶藏叔祥可
謂身到處莫放過矣因錄其跋於右去非字正

通浦城人琹川毛晉識

春渚紀聞卷十

總校官候補知府臣葉佩蓀

校對官中書臣張虎拜

謄録監生臣沈成均

圖書在版編目（CIP）數據

春渚紀聞 / (宋) 何薳撰. — 北京：中國書店，
2018.2
ISBN 978-7-5149-1890-8

Ⅰ. ①春… Ⅱ. ①何… Ⅲ. ①筆記－中國－宋代－選集②中國歷史－史料－宋代 Ⅳ. ①K244.066

中國版本圖書館CIP數據核字(2017)第316538號

四庫全書·雜家類

春渚紀聞

作　　者　宋·何　薳撰
出版發行　中國書店
地　　址　北京市西城區琉璃廠東街一一五號
郵　　編　一〇〇〇五〇
印　　刷　山東汶上新華印刷有限公司
開　　本　730毫米×1130毫米　1/16
印　　張　20.75
版　　次　二〇一八年二月第一版第一次印刷
書　　號　ISBN 978-7-5149-1890-8
定　　價　七〇　元